礼物（下）

云笺小品

刘炜 著

中国书籍出版社
China Book Press

《自题小诗》并代序

屈指已过五十关

走南闯北历风寒

满头黑发何曾白

哪个青衿不自蓝

半辈交友品真情

一生追求岂空谈

不堪垂垂日暮西

夜深时时梦驿站

目　录

心　音 / 001

向往"北大生活" / 003

向往"候鸟生活" / 008

向往"慢城生活" / 011

学会倾听 / 016

学会相处 / 019

学会放弃 / 023

学会等待 / 027

学会独处 / 030

养生与养心 / 033

城市的 GDP 和 DNA / 036

人中人与人上人 / 039

足 音 / 041

寻找鲁迅 / 043

跌落凡尘的女神萧红 / 046

守静难安的人生 / 050

潮汐一样的人生 / 054

重温庐山 / 060

踏青扬州 / 063

至情自清 / 067

飞越湖南 / 072

北京北，蓝天蓝 / 075

漓江情歌 / 079

桂林故事 / 081

清凉贵州 / 084

游走济南 / 090

流连江西 / 095

坐上火车去拉萨 / 099

月光下的布达拉 / 104

我眼中的布达拉宫"三宝" / 106

春天到台北看云雾 / 111

今晚，我住在日月潭边 / 114

大阪印象 / 117

京都物语 / 120

氤氲伊豆 / 124

菲利普岛的主人 / 127

行走德国，感受生活里的艺术 / 130

鬼节、墓地和纪念方式 / 135

从莱比锡污水处理 看德国未来 / 138

想念科隆 / 142

《自题小像迎新年》并代后记 / 146

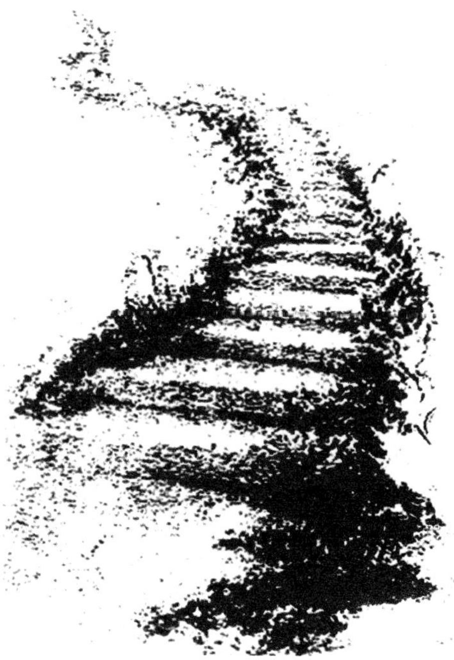

心音

向往"北大生活"

早就听家父说过,凡是上过大学的人,从此就有了两个出身,一是父母,二是大学。要说起来,我也是上过大学的人,当年16岁能考上大学也算不错了。但怎么心中就藏着这么一个梦想——上北大,而且最好是蔡元培校长在任时的北大。

大学的时候,学过诗论,把周先生的《诗词例话》生吞活剥进肚子,但就是不会写诗。每每看见美景或身临美境,也跃跃欲试,想信手拈来,想抒发感情,但苦于没有人真教给你怎么写诗。如果,像我这样也算爱好写诗的文学女青年,能够遇上为唐诗而生的北大的林庚先生,有幸能像钱理群先生那样聆听林先生的"最后一课",看着林先生穿着整洁大方的衣服,朗声大气地缓缓道来:"什么是诗?诗的本质就是发现;诗人要永远像婴儿一样,睁大了好奇的眼睛,去看周围的世界,去发现世界的新的美……"足足两个小时,拼着全身的力气,让全系的人听得如痴如醉,纵使讲完一病不起。那,该是怎样令人神往的课堂?

也许出生在江南，从小沐浴在吴侬软语之中，语言的听说能力自然不错。家乡话且不说，自上海一路西下，上海话、苏州话、常州话……，能讲得七七八八，就连每个城市语言中细枝末节的变化也能表现出一二。后来移居北方，初来乍到时能把"割肉"听成"加油"，"四块"当成"十块"给。可不出半月，就已经分得清东南西北之音了。半年之后，若不细细分辨，已是完全"卤化"，且能分出齐鲁各地方言，鹦鹉学说几句，让已来岛城半辈子的无锡同事艳羡不已。而且以前在办公室里，一帮年轻人好闹，我就想出用方言朗诵诗歌的点子让大家乐呵，结果我跟陕西人学说的《再别康桥》还挺像那么回事。后来去陕西出差，说起陕西话来，居然把全车人蒙过，以为我的老家在黄土高原哪！等到知道北大语言大师赵元任先生的故事，才汗颜不止。赵先生能让世界任何地方的当地人认他为老乡，且一生以此为乐。钱理群先生讲述赵先生的故事，说：二战后，赵先生到巴黎车站，对行李员讲巴黎土语，对方听了，以为他是土生土长的巴黎人，不禁感叹道："你回来了啊，现在可不如从前，巴黎穷了"。后来赵先生又去柏林，用带柏林口音的德语和当地人聊天。一位邻居对他说："上帝保佑，你躲过了这场灾难，平平安安地回来了"。赵元任先生的绝活，是表演口技"全国旅行"：从北京沿京汉路南下，经河北到山西、陕西，出潼关，由河南入两湖、四川、云贵，再从两广绕江西、福建到江苏、浙江、安徽，由山东过渤海湾入东三省，最后入山海关返京。这趟口头"旅行",他一气能说一个小时,"走"遍大半个中国。如果,像我这样能兼讲南北方言的小女子,能够早日拜赵先生这样的"中国语言学之父"为导师,得语言学习真传,更多地受到先生人格的影响,就是不像先生一样会说33种汉语方言,只需精通一门外语,说不定还能成为社会紧缺的复合型通才呢!

这次重新走进课堂上学,虽然努力听课,认真笔记,但还是有一些课听得云山雾罩。坐在教室里,两难境地,只好强迫自己认真听讲。于是不由得想起北大生活。听说北大的课堂惯例是:来者不拒,去者不追。出现了不应该上课却上课、应该上课却不上的情况。一个教室几十人上课,老师不知道谁是本校的,谁是外校的,谁是选课的,谁是旁听的。钱先生风趣地说:刘半农先生的《古声律学》课,每每上课的倒有十几人,可到期末考试,发现选课的只有钱先生一人。换到现在,大学按照学生选课人数开设课程,钱先生可还有这样的荣幸?而通常不上课的人,大多时间钻在图书馆,俨然进入学习的自由王国。像现在一些大学生,旷着课去干别的事情这种情况是几乎没有的。故此,大凡常常不上课的人,成绩却是比较好的,对于教授来说,对常上课者是亲近,对不常上课者则是敬畏。因为不常上课者保不定哪一天就一鸣惊人青出于蓝而胜于蓝了。据说梁思成在北大教中国建筑史,讲毕,问学生:"诸位说说如何考试?"在座听课的二十多位仁兄,皆不发一语。

梁公又问："反正应酬公事，总得考考，怎么样都行，随便说说吧。"诸位依然无语。梁公乃恍然大悟，笑着说："那请选课同学举手吧。"教室里依然无人举手。梁公笑了，说："原来诸君都是旁听的，那就谢谢诸位捧场！"言毕，作揖下课。这是怎样民主的课堂？这是怎样宽松的学习氛围？这又是怎样心胸宽广的导师？

有人把北大的精美之处用"一塌糊涂"来概括，即一塔一湖一图书馆。套用清华梅贻琦老校长的名言，所谓北大者，非谓有"一塌糊涂"之谓也，有大师之谓也。在许多人的内心深处，其实"北大学生"与学生已没有什么太大的联系，"北大学生"已经演变为一个固定短语，已经演化为一种传统风骨、一种学术风气、一种自由思想、一种独立精神、一种历史责任，已经演绎为真正的大学魅力。

"'五四'新文化运动是以北大教授为主的，'五四'爱国学生运动是以北大学生为主的，在当时的我们的心目中，'北大学生'这个命名可是一种荣誉。""没有蔡元培主持的北京大学，就不可能有五四新文化运动，这在当时已成为一种共识。""正是在蔡元培主持的北京大学，建立了中国现代知识分子的新范式。"这应该就是我对于北大"虽不能至，却心向往之"的灵魂之梦吧！

对于我来说，今生今世去北大，还是有机会的，北大之梦，还在延续。

（ps：文中部分内容引录自《精神寻梦在北大》柳哲、《北京大学与五四新文化运动》钱理群等作品）

向往"候鸟生活"

还清楚地记得当年自己从无锡来岛城定居的时候,亲人、朋友、同事中没有一个赞同的。印象最深的是有一位50年代末的人大毕业生,平时很少和人沟通,却专门跑到我办公室,恳切地对我说:"你大概不知道,我在山东工作了快三十年,费尽九牛二虎之力才调回江南。我只想告诉你,漫长的冬天那里只有两样菜可吃,一是白菜,二是萝卜,你一个江南小姑娘能吃得消吗?"

虽说定居北方,但根还在江南。于是每年都要往返南北之间。以前是坐上火车穿越齐鲁平原跨越大江南北,现在则是在同三高速上一路风驰电掣。以前称自己是南方的种子无奈地长在北方的土地上,现在却变得越来越喜欢这种走在路上的感觉。

也许,我的前世是一只候鸟吧!我查阅了一下第五版《现代汉语词典》,它告诉我:候鸟,随季节的变更而迁徙的鸟,如杜鹃、家燕、鸿雁等。至少,我在今生羡慕那来去自由的候鸟。

80后的青年人已经很难想象计划经济时代的分配制度。

无论你是否愿意,你的每一步都由国家给你指路。不管你是否合适,你的工作都由国家给你安排。一个人的一生基本上就固定在一个岗位上。你可能会说:那多好,没有应聘之劳,没有就业之忧,没有下岗之苦。但是请你设想一下,如果你根本不喜欢自己的工作,却要日复一日年复一年地坚守岗位,你会是一种什么感觉?所以,我想民间才有了"树挪死,人挪活"的谚语。我想唯此我才特别喜欢人在旅途的感觉。

我曾经和家弟表妹,十五六岁的年纪,在挂满星星的夏夜,乘上运河的小客轮,一夜无眠去了杭州,围着西湖晴三日雨三日转了个遍,享受那份离家的感觉,寻找冒险的旅程。我曾经和儿子,在除夕夜里,冒着漫天大雪,坐上前往海南的班机,赶在大年初一的时候,在三亚潜水,虽然遇上了海南百年未遇的寒冬,潜水上岸冻得瑟瑟发抖,但依然享受那份亲情,寻找不一样的新年。曾经,我和好友,在春日里,穿上花红柳绿的衣衫,徜徉在江南古镇,走一路看一路,想一路写一路,享受那份友谊,寻找高山流水的感觉。曾经,我和同事,坐上庞大的空中客车,飞往澳洲大陆,看一望无际的草原,看每天归巢的小企鹅,看胆小可爱的小考拉,享受那份自然,寻找最后一块没被污染的净土。

我喜欢人在旅途的感觉,不断地迁移让我总有出发的冲动;我喜欢心在旅途的感觉,未知的前方总令人充满憧憬和想象;我喜欢美在旅途的感觉,每天不一样的风景总给我带来视

觉的冲击和内心的惊喜。人生百年,何其短暂?老死一地,何异囹圄?夫子至于是邦,周游列国,虽惶惶然如丧家之犬,亦一路走来,在心里浴乎沂,风乎舞雩,咏而归。

我向往将来的某一天,能和爱人一起走在旅途上,不是那种中国式的到此一游,而是真正意义上的旅游——深度地融入当地人的日常生活,生活当地人的生活,感受当地人的感受,幸福当地人的幸福。每年,当第一阵飒飒秋风吹来的时候,我们就开上我们将来的吉普车,第一站就住到杭州,在西湖边,就在南山路上租一间小屋,不必太大,只要厨房卫浴一应俱全,无须装潢,只要有一扇朝向西湖的南窗。这里离河坊街近在咫尺,只要步行几分钟,就可以去到高银街的1913年知味观分店,定会让你回味再三,不然为何古人都能闻香下马、知味停车呢。当然你大可不必点东坡肉和西湖醋鱼、西湖莼菜,你坐在古朴又现代的店堂里,只点西湖雪娘(小面点)、蟹粉豆腐、猫耳朵等,价格公道,自己又做不出来。至于店里的名菜,你不妨去市场买上一条钱江桂鱼和一只有精有肥的小蹄膀,照着菜谱,和爱人一起慢慢炖,小火熬,细细品。傍晚时分,你就可以和爱人,沿着柳浪闻莺漫步在西湖边上,丝毫不会感到秋风扑面的生硬,只有柔和、柔软、柔情的心意。

等到日历快要翻过的时候,再飞回暖气融融的家巢。舔舔羽毛,修修脚爪,等待来年的到来,或者拿本地图,戴上花镜,寻找栖息的下一站。我好吃辣,那就成都见吧!

向往"慢城生活"

在课堂上,意气风发的年轻教授在讲到我们这个城市的发展蓝图时,激动地大声说:市内人口必须超过500万,不包括周边区市,我们的城市才能取得更大的发展。我在下边小声说,如果这样的话,我就可以离开这座城市了。

想当年我从南方来到这座城市,就是厌倦了家乡迅速发展带来的喧闹,喜欢上了在"八大关"林荫路上的寂然独步。为什么我骑自行车的技术超一流,就是因为在老家的中山路上,上下班置身于自行车洪流中,如果你的车技不好,不幸车倒了,那你身后准会像多米诺骨牌一样倒下长长的一串。

文明是什么?我经常问自己。人们如此追求高效率的最终目标是什么?就是为了建造一幢又一幢的高楼大厦,修建一条又一条的高速公路?而建造高楼大厦、修建高速公路的目的又是什么?就是为了住上高层建筑,过上快节奏的生活?可是我不喜欢自己的家变成水泥森林,进出的路变成停车场。难道我成了现代生活的背叛者?现代人的标准不就是"快"吗?

现代人最大的奢侈品不就是时间吗？

我们早出晚归，错过了多少灿烂的日出和美丽的日落？我们一路小跑，失去了多少留意的从容和思考的沉静？我们习惯了快餐，遗忘了多少我们这个民族特有的食材和别样的烹调？我们晨昏颠倒，久违了多少朋友的祝福和邻里的问候？我们总在拆迁，拆毁了多少我们这座城市独特的建筑和个性的文化？我们总在建设，筑起了多少缺少人文的小区和没有美感的大楼？

子在川上曰：逝者如斯夫。孔子表达的是对时间的不舍。而我们，又给予时间应有的尊重了吗？经济飞速发展在给予我们锦衣玉食的同时，又摧枯拉朽般地夺走了我们独特的风俗传统、美丽的田园风光以及和谐的天伦情趣。丰富的早茶变成了老年人的独享，家人的聚餐已是屈指可数，动手烹制美食只是电视上的话题。一切都是因为没有时间，一切都是快节奏生活带来的结果。

慢慢地我知道，在现代社会，持有我这种疑问的人不在少数。在意大利的奥尔维耶托（Orvieto），早在1999年10月15日就已经诞生了一个"慢城联盟"。国际慢城协会会长皮埃尔·乔治·奥利维蒂，长着一头灰白的乱发和胡子，就像河边风中随意飘扬的芦苇花，他说：慢城倡导生活节奏慢半拍。慢城运动很重要的一条宗旨就是保护当地的特色，抗拒伴随全球化而来的同质化和标准化。主张人口数量不超5万人，发展清洁能源，禁止基因改良种子，保护手工业，吃传统饮食。

显而易见,慢城不只是一种生活方式,它更是一种生活态度和城市文化。按照欧洲"慢城联盟"的要求,放眼神州大地,无一入选。

当然,也许你会说:我爱快节奏的生活,中国人口太多,怎能照搬慢城理念?但是,你不觉得有时你走在北京的街头和走在我们这座城市的街头并无二致;你不觉得你走在旅途上的所有八菜一汤,口味都大同小异;你不觉得商场、公园、城市雕塑、公路立交,几乎都是一个模子里刻出来的。所以,我们才急切地去古镇、去大理、去鼓浪屿,热烈地爱川菜、爱粤菜、爱私房菜,无比地喜欢紫砂茶壶、景德镇陶器、手工家具。其实,你不要以为慢城就是摒弃一切的新生事物,排斥所有的科学发明,错,慢城在环境保护、能源发展和技术创新方面,远远走在我们前头,只是科学技术是用来提升生活品质和品位的,是用来让人类和自然更加和谐相处的,而不是一味用来加快生活节奏、加速经济发展和增加生存压力的。

如此说来,我们还真是怀念年少时的生活。那时候,天还是蓝的,河里的水还是清的,过马路是不用一溜小跑的,寄信是要用笔写的,拜年是要走着去的,饮食是不用担心安全的,孩子们是相信童话的,放学后是在马路上踢球的,回家是不用害怕走错楼门的……

正如皮埃尔所说:"工业发展是必要的,但在现代社会却不是最必要的。如果你慢下来,就会有机会体会更多的生活乐趣,也就生活得更快乐。"作为城市父母官们,在描绘经济发

展蓝图的同时，是否应该更多地考虑传统文化的继承？考虑城市的特点和个性？作为一个发展中城市的公民，我，则更多地向往"慢城生活"，向往田园风光里的诗意栖息。

　　我曾经去过新西兰南岛东海岸的克里斯特彻奇城，静谧的夜里，一座座洋房安静地矗立在树丛里、街道旁，即使是在发薪水的周四的酒吧，人们也慢慢地排队进入，没有喧闹的声音，不见焦急的神情，人们在饭店里安静进餐，等待一道道精美的菜肴慢慢地端上来。晚上漫步在乌斯特大街，你的心里会纯净如水，就想一直这样走下去。我也曾经去过日本的伊豆半岛，静静地泡在露天的温泉水里，望着落日的余晖渐渐消失在海尽头，端着一杯纯纯的红酒，什么都不想，什么都不用去想，就那么静静地看着，慢慢地品着。我也曾经无数次地梦见过：在伊斯坦布尔的夕阳下，从亚洲慢慢走向欧洲；在哈瓦那的咖啡店里，从毛泽东慢慢聊到卡斯特鲁。

　　一个生活在快节奏的现代人，想要过慢城生活简直就是痴人说梦。一个生活在网络时代的现代人，想要过没有手机、没有电视、没有网络的生活也很难做到。当越来越多的人用"我很忙"来应付家人回家吃饭的电话的时候，当越来越多的人用"我很忙"来拒绝朋友邀请野餐郊游的时候，当越来越多的人用"我很忙"把自己禁锢在办公室电脑上的时候，我们，能否泰然自若地说一声：我不忙。原来，慢也相由心生。当我们学会放弃、学会独处以后，慢慢地雕刻时光，慢慢地讲述故事，慢慢地品味美食，一切并非不可能。这就是为什么在法国的小镇上，人们没有汽车，都骑自行车出门，家家没有电视，每扇窗子里飘出的却是钢琴的曼妙旋律……

学会倾听

当你看到我这个题目,你可能会说,只要长着一双健康的耳朵,谁不会听呢?是啊,在以前我也是抱有和你相同的观点。事实上,学会倾听,还是生活教会我的一种生活理念。

如果仔细想想,我们并不是一生下来有了听觉就会倾听的,我们的耳朵也并不是时时刻刻用来倾听的。

当我们还青春年少时,如花似玉的我们,对所有的风景流连忘返,被一切新奇的事物牵动眼神,生活如同一个万花筒,丰富多彩,光怪陆离,我们总是无心倾听。

当我们初为人父人母时,手忙脚乱的我们,既要应对刚刚起步的事业,又要应对呱呱坠地的婴儿,生活如同一团乱麻,头绪纷繁,时间逼仄,我们几乎无暇倾听。

如今我们已经盛年,儿女学会独立前行,生活已然优雅起来,我们有了心情,我们有了时间,但,我们学会倾听了吗?

人生总是在说话和倾听中勾勒出人与人之间的心迹。在嘈杂繁闹的生活舞台上,更多的人想要拥有话语权;在坎坷漫长的人生之旅上,更多的人想要抒发情感表达自己。我也曾经是一个愿意表达、急于表达的人,可能是职业使然,每天的日子都在自己单向的说话中流淌了过去。直到有一天,我亲眼看到了什么是倾听的姿态。我去过一所著名的小学听课,在课堂上,身高一米七多的女教师,在听小学一年级学生回答问题时,总是微微下蹲,让自己的耳朵靠得学生很近很近。那个下蹲让她显得稍为吃力的身影,很久很久在我眼前挥之不去;不太优美的身姿,却留下最优美的课堂剪影,很长一段时间占据着我的内心和头脑。直到有一天,我更加深刻地领悟了倾听的内涵。那是全市职业学校举行的一节研究课。上课的老师已是身怀六甲,高而瘦弱的女教师,在整堂课上,始终前倾着身子,充满期待地看着学生,在倾听学生回答的时候,更是弯下沉重的身子,尽量拉近与学生之间的距离。这节课,女教师讲的是《孝心无价》,许多学生在动手制作亲情卡的时候,在分享写给妈妈的祝福时,都流下了眼泪,连平时调皮的男孩子也用衣袖抹起了眼睛。我想,你不会否认倾听的力量了吧?

其实,我们更多的人,在更多的时候,更多地喜欢表达。特别是当你占据了讲台、站到了黑板前面,当你获取了地位、走到了权力中心,当你拥有了金钱、来到了弱者跟前,你是否几乎没有了倾听的习惯?是否已经失去了弯腰的想法?你擅长的是否只是滔滔不绝地说教?一言九鼎的指令?高人一等的恩赐？

　　其实，舞台上有演员，舞台下也要有观众；生活中有讲述，生活中就要有倾听。因此，我们不妨认真倾听，倾听前行者的经验、倾听长辈的教诲、倾听老师的指教；而更多的时候，我们还要学会倾听，倾听后来者的勇气、倾听老百姓的愿望、倾听弱小者的诉求。夜深人静的时候，我们还不妨倾耳聆听一下自己的内心，听一听内心深处发出的声音。

学会相处

生活中，无论你身处何地，总要与人相处，即便是远离了地球的宇宙空间站，也有同吃同住的同事与你相伴。于是有人说：他人是生活赋予我们的礼物。在这个世界上，应该没有人会拒绝礼物吧！因此，善待他人，与人生路上相遇的每个人好生相处，应该是我们做人的行为准则。

人生旅途上，相爱总是那么偶然短暂，只有相处却是那么平常恒远。相爱是情愫，是一首流自心灵溢出眼睛的诗；相处却是学问，是一部有着暗藏玄机的开端、矛盾交织的发展、相知相惜或相恨相怨的高潮、相伴一生或龃龉终身的章回体小说。男人之间的相处，或生死关头拔刀相助，曰患难之交；或兵刃相见却惺惺相惜，曰不打不相识；或暗藏杀机却约为婚姻，曰鸿门宴；或势不两立两败俱伤，曰不共戴天。女人们的相处，就要玄妙得多，艺术得多，细腻得多，浪漫得多。如果概括而言，男人的相处注重内容，而女人的相处就更注重形式了。

我从出生就生活在校园里,在相处之道上简直就是一个白丁,也许真是一个白丁,倒也使我在某些时候省却了相处之道的麻烦,不必将相处作为一门学问来研习。但是,毕竟是一个生活在生活中的女人,于是也身不由己地在相处之道上走得曲折多姿、摇曳生辉,走得惊心动魄、别有天地。

姑嫂之间的相处,是从比肩站立的两个姑娘成长为两个母亲的一段故事。小姑仅比我年少1岁,两人几乎一般高矮一样胖瘦。一个南国姑娘,一个北方大嫚。一个喜静,一个好动。似乎浑然没有一点相似之处,如何相处得来?更何况两个人骨子里又都十分要强。但是虽然小姑从来没有当面叫过我一声嫂子,我知道她心里是有我敬我的。小姑远隔重洋谈恋爱,我是爱情两地书的第二读者,有时还是作者;小姑远赴海南异地置业,我是新居的第一个客人;小姑年近40当母亲后远赴美国留下儿子,我会尽量抽空去看望卡特陪他游玩;小姑远涉重洋赴美定居,我会空着肚子赶去机场帮她托运行李。年轻时候的小姑,面似满月,眉如远山,只是这几年转辗两地,孩子年幼,明显憔悴,让我感慨娇艳的花难经风雨。和小姑相处,一直把她当孩子,等她有了孩子,又一直把她的孩子当自己的孩子。相处之路上,有过眼泪,但更多的是笑声;有过误解,但更多的是理解。一路走来曲折多姿,摇曳生辉。

最惊心动魄也是最别有天地的相处之路是婆媳之间携手共同走过的。进入婆家时,小儿才蹒跚学步。举家北上,本来平静宽敞的婆家一下子又装进另一家人,我感到天大的不适应和不方便。困了,再也不能把小儿塞在姆妈手中,自己上楼就睡;累了,再也不能把换洗衣物扔给姆妈,在柔软的沙发上坐下不起;饿了,再也不能让姆妈马上去厨房做最可口的饭菜;病了,再也没有人为你端水送药嘘寒问暖。就这样,我感到自己从原来娘家的"皇帝"变成了婆家的"奴隶"。提前病退的婆婆精力充沛,而适应新的工作、繁重的家务、年幼需要照顾的孩子,累了一天的我,最珍惜的就是宁静的夜晚,可是老人会站在你的房门口高声说话到深夜。下班了,我站在家门口不想推门回家,因为屋里又传来了激烈的争吵声。夜深了,我才能坐到我的书桌前,批阅学生们的作文,写下第二天的教案。天亮了,我才能真正拥有自己休息的时间,在梦中拥有属于自己温暖的但并不大的房子。这样的日子过了一年又一年,我和婆婆始终是两条平行线,无法靠近,也没有相交。

直到搬离婆家,有了自己的小家,我都无法用语言形容那段日子。只是庆幸有工作让我坚持在异乡的生活,庆幸有感情支撑在我的身后。直到后来,才知晓婆婆那时正处在更年期,不适应和感到不方便的人,其实除了我还有婆婆。而我,只是勤勤恳恳地尽了一个儿媳的本分,孝敬老人,照顾孩子,关心小姑,操持家务,而没有给予孤单焦虑的老人以应有的关爱,只收获了一段与老人朝夕相处的时光,却错失了一段与老人相交相知的岁月。现在的我,时常会回忆起婆婆打到我单

位的第一个电话,当我跑到办公室接起电话问是谁的时候,电话那头响起了婆婆的声音:"我是你妈!"时常会回忆起冬日里老人一大早就去菜市场买回的热气腾腾的豆浆,喝得我滋滋润润无需再用化妆品。现在的我,也备受老人的厚爱,家里的大小事都会打电话找我商量,好吃的好喝的一定给我送来,喜事伤心事会一件件跟我说说,当别人在老人面前称赞她找到一个好儿媳时,她会再补上一句说打着灯笼也难找。于是我想,婆婆在丈夫被打成极右派的时候,养活了全家老少5口人,带着两个仅差一岁的儿子度过了最为困难的"大跃进"和困难年,自己却因为吃地瓜叶而双脚浮肿。于是我想,即使有一天,我们做不成婆媳了,孩子他奶奶也已经成为我生命中的一分子。因为亲情已经融进血液,因为理解可以融化一切,因为我们都是母亲。

相处之道,说难也难,说易也易。源于爱,源于情,源于真,源于心。你说呢?

学会放弃

　　《红楼梦》中的"好了歌"，我们应该还记得。道人道："可知世上万般，好便是了，了便是好。若不了，便不好；若要好，须是了。"而事实是，多少人生，想了未了，了而未了，究其原因，不外乎是不舍、不离、不放、不弃。

　　我从小没有尝过家中无房之苦，来到青岛，婆婆把私房卖掉和我们住在一起，让我亲历了老少三辈同居一家的窘境，八年的局促生活，让我发誓要用自己的双手建设自己独立而美好的家园。于是20世纪末，查房、看房、买房，成了我业余生活的重要组成部分。在我的手包里，放着的居然不是爱看的书，而是一本房源记录本。节假日，我的身影居然不再出现在书店、图书馆，而是岛城及周边区市的新楼盘。

　　终于我有了大房子、有了新房子，但同时我也发现自己少了许多东西，读书的时间，读书的态度，生活的理想，生活的境界。

　　终于，我看着终年不进的空房间，看清了自己得失之间的

转换轨迹。在那段时间里，房子如同蜗牛背上那重重的壳，而我就是那只失去了人生轻松自在态度的蜗牛。

终于，我放弃了手包里的房源记事本，放弃了没有人居住的房子，放弃了这种为房子而生活的生活模式。

放弃了对房子的追求，重新拥有了读书的时间；放弃了对房子的关注，重新拥有了关注社会的视野；放弃了无人居住的房子，重新拥有了友情和亲情。

也许人生就是这样，只有学会放弃，你才能有心去拥有更需要的东西。当你用两根手指捏住一根缝衣针的时候，你的手里就已经很难再装进其他东西。这时你只有学会放弃，你才能腾出更多的空间来存放更精美的东西。如此而言，放弃是一种态度，放弃是一种勇气，放弃是一种豁达，放弃是一种境界。

放弃芥蒂，我们就收获平和。绿茵场上，当对方在攻破了我们的球门欢呼雀跃的时候，当裁判在可给可不给的时候给我们亮了一张红牌，当对方的某个球员有意无意地冲撞了我们的身体，我们是否可以扬起我们真诚微笑的面孔？是否可以克制一下自己心中的不快？是否可以将相互之间的嫌怨淡淡地一笑了之随风而逝？

放弃仇恨，我们就收获平静。当某些日本人对我们出言不逊、鄙薄我们的时候，我们更多的可以自省、自警、自励，大可不必用抵制日货或烧毁小区里的日系车来发泄，也不必因为《一碗清汤荞麦面》出自日本人之手就不能收入我们的语文教材。忘记历史就是背叛，但是忘记仇恨却可以让我们心胸更加宽广，让我们的民族走得更好。

放弃财富，我们就收获平凡。不是有人说：有钱不是万能的，但没有钱却是万万不能的。简单的一句话，其实也说出了一种平凡普通的道理。生活中需要钱，但生活的重心不能只是钱。当天气渐冷，我们住上了供着暖气的华屋，你的面前是否浮现汶川孩子们站在简易帐篷外的身影？有时我会对着组织颁发的大红的特殊党费证书发呆，一个党员，在群众发生大灾难的时候，仅仅捐出了1000元钱，只是自己工资的几分之几，还需要组织颁发证书吗，我不知道灾区的孩子们有没有足够的作业薄？所以在捐冬衣的时候，我找出了儿子还穿的冬衣，拿出自己还铺的床单，这次我希望是悄悄地给灾区群众送去，送去一些让他们感到舒心体面的温暖。

放弃奢华，我们就收获平淡。奢华，是当今许多人追求的目标，也有不少人都以奢华为荣。深圳一位有钱人，花费500万为自己举办婚礼，婚礼期间租用卫星现场直播，对此我无可厚非，只要他花的是干干净净挣来的钱。因为也有许多人，在原本可以奢华的生活中，却坚持以简朴为生活乐趣，以馈赠为心灵盛宴。美国人查克·费尼就是这样的人。这位年届八旬的老人，至今和妻子住在旧金山一套一居室的出租屋内，他不穿名牌衣服，不吃山珍海味，不买私家轿车。但就是他，曾用

80亿美元创立"大西洋慈善基金",曾投入10亿美元改造新建爱尔兰的大学,曾为发展中国家的唇腭裂儿童做手术并提供医疗费用,曾为控制非洲的瘟疫和疾病投入巨额资金,曾为康奈尔、加州、斯坦福等知名大学捐助近8亿美元……迄今为止,他已经捐出了40亿美元,并计划在2016年之前捐光剩下的另外40亿美元。媒体问他:"为何要捐得一干二净?"老人回答:"裹尸布上没有口袋。"老人在享受生活的同时做出馈赠的举动也深深影响了比尔·盖茨和沃伦·巴菲特,为富人们做出了榜样。我相信,老人在做这些慈善的时候,一定拥有一颗平淡的心。他一定不会让穷人的孩子在主席台前排着队领取捐赠物品;他也一定不会在圣诞节夜里去平民窟发放礼物而让媒体在旁边摄像;他更不会把穷人对他的感激做成锦旗挂在自己那一居室的出租房里。

　　如此说来,学会放弃,对于我们这些普通人来说,也许不是难事。

学会等待

我从小比人快半拍，说话快——经常让年迈的外公听不明白，走路快——经常让自己的身体碰得青一块紫一块，吃饭快——经常在妈妈还没坐下吃的时候就吃饱了。小时候，洗碗快——能隔三差五失手碎一摞，作业快——能比别的小朋友提前半小时完成任务；长大后，写字快——能不用速记就毫不费力地记下老师的讲话稿，决定快——能在五分钟内决定是否要买一套房……

所以，小时候，听得最多的一句话就是爸爸妈妈天天要对我说的"慢点慢点"。

所以，长大后，经常告诫自己的就是"等等再说"。

而真正学习等待，是在当了母亲以后。以前出门，想出门时抬腿就走了，可是有了小儿子以后，突然感觉自己被剥夺了行动的自由，想走的时候，已经有一双小手紧紧地抱住了你的腿脚，那一双清澈美丽的大眼睛可怜巴巴地看着你，让你欲走不能。于是只能等着娃娃给小儿子换衣服、换鞋子，冬天的时

候还要加上帽子、围巾、手套，等一切就绪，才能走出门去。

真正学会等待，是在突然发现爸爸妈妈老了的时候。爸爸妈妈年轻的时候，都是极利索的人，尤其是妈妈，上学时就是长跑运动员，工作上不甘示弱暂且不说，每一次全家外出，她总是第一个出门。可是有一次，全家外出，我和家弟已经走到街口发动起车子了，左等右等，就是看不见爸爸妈妈的身影，干脆熄了火站在冬日的街口，我俩你一句我一句聊起了学校里的事情，好一会，还是看不见爸爸妈妈。于是我回到家里，原来是老爸找不到自己的围巾，妈妈帮老爸找到了围巾，却不知把钥匙放在了什么地方，于是老爸妈妈一起开始找钥匙，全然忘记了我们姐弟俩在等他们出门这件事。看着老爸妈妈认真的模样，我本来快要说出口的话语，又咽了回去。双手挽着二老的手，双脚和着二老的脚步，慢慢走出了家门。

记得我小时候学说话很晚，2岁了不会说话，3岁了不会说话，都能跟着妈妈在脸盆里洗小手绢了，还是不会说话，吃完了饭把小碗往阿姨面前一放，就是不说话。阿姨说，小囡不会是哑巴吧？妈妈生气地说，你看她那双忽闪忽闪会说话的大眼睛，能是哑巴吗？但是妈妈心里也没有底。于是，天天一大早醒来就教我发音，家里到处贴满了妈妈自制的拼音画图。每天批完了作业，就坐在窗下为我讲故事，教我说话。终于，我从一开始紧闭嘴唇不吭一声，只是瞪大眼睛看着妈妈，到张口说话一发不可收拾，家里到处是我莺歌燕舞的叫声。感谢妈妈的耐心等待，才让我从来不打怵说话。

　　记得我小时候体质不强，夏夜乘凉的时候，看着操场尽头影影绰绰的柏树，我能惊厥过去，爸爸来不及换下拖鞋，扛起我就往诊所跑。冬天即使我穿成一个毛娃娃，两手也总是冰冰凉，放学后总要用爸爸的大手暖和过来才能写作业。于是，爸爸开始了家庭体育教育。踢毽子，各种不同的花式，正踢反踢，六样锦，打大跳，无所不能；跳绳，各种不同的跳法，单脚双脚，单跳双蹦，大带小，无跳不会。终于，虽然还是瘦瘦弱弱的我，却成了学校里的体育积极分子，基本和家里的药箱说再见了。感谢爸爸的静心等待，才让我健康成长。

　　生活就是这样。在等待和被等待之中，切换生活的镜头。年幼的生命，在被等待中，逐渐丰盈、强大；年老的生命，也在被等待中，更加安详、自如。那么，在我们盛年的时候，我们一定不要忘了，耐心地等待孩子们在不断犯错误中逐渐长大，静心地等待老爸老妈们在步履蹒跚中走进夕照晚霞……

学会独处

林语堂在《大荒集》中自比大荒漠中孤独的旅行者,言道:"在大荒中孤游的人,也有特种意味,似乎是近于孤傲,但也不一定。我想只是心喜孤游乐此不疲罢了。其佳趣在于我走我的路,一日二三里或百里,无人干涉,不用计较,莫须商量。或是观草木,察秋毫,或是看鸟迹,观天象,都听我自由。我行我素,其中自有乐趣。"对于林语堂的我行我素,我倒不是十分赞成,过犹不及,过分的我行我素,会使你一意孤行,会使你远离现实失却亲情。但是在当今许多人远离了书桌而热衷于酒桌的灯红酒绿中,在许多人冷落了古典文化而热衷于古典艺术品的喧嚣炒作中,我倒是主张我们每个人至少要学习独处、学会独处。

孤独需静,孤独必静。孤独是独处的前提。只有能亲近孤独的人,才能拥有独处的时间;只有能拥有孤独的人,才能享受独处的境界。

独处能给人自由。身心撒下无形有形的枷锁,脸上卸下有情无情的面容。赤脚踏在原木的地板上，感受森林的忧伤，心灵便能游骋于历史的天空、文学的草原、艺术的田园、科学的海洋。

独处能予人思想。卷几上的紫砂茶壶里，绿茶散发阵阵清香，弥漫在你的周围，也一缕缕沁入心扉、滋润心灵。夕阳透过纱帘把斑驳的树影投在你身上，温暖从后背渗向心怀，好像天使在轻叩心灵之窗。

在学会独处的路途上，我经历了从不堪到享受的飞跃。

"文革"中期，我正随父下放，动荡的生活刚刚稳定下来，陌生的环境稍稍适应过来，突然一张通知，父亲住到了牛棚，母亲远在异地的学校。一时间，不满10岁的我就要带着比我更年幼的弟弟单独生活。那个冬天，是我记忆中最漫长最寒冷的冬天。小小的煤球炉子是那么难着，直到邻居阿婆教会我烧炉膛抱孩子讲究一个空字；小小的一顿午饭是那么难弄，几乎只能就着"辣糊浆"吃隔夜的冷青菜；小小的铁桶吊水是那么沉重，等费尽力气打上井栏已被井壁撞得只剩下半桶。但是对于我来说，这一些都可以忍受，唯一不能忍受的是，冷冷的冬夜里，弟弟睡着了，而我醒着。听着屋外呼啸的冷风和房里悉悉索索老鼠的窜动，在盼望父母、盼望太阳中，我在不堪孤独中忍受着孤独，在害怕独处中学会了独处。

有一段时间我远离了独处。白天人来人往，热闹异常；晚上杯觥交错，高朋满座。一时间，书桌落灰无闲拂，经籍蒙丝

有蛛织。一时间,看书成了生活中的奢侈,买书成了读书人的装点。独处对我而言几乎成了回忆。每天的忙忙碌碌,把我变成了一个陀螺,失去了方向感;每天的迎来送往,把我变成了一个机器,重复着客套话。独处对我而言已几近奢侈。

重新学会独处,是在儿子寄宿学校以后。无论是艳阳天还是下雨天,无论是工作忙碌还是相对清闲,我都给自己留足了独处的时间。回家关上大门,也把外面的尘嚣关在了门外。白天睡到自然醒,泡一壶清茶,躺在藤椅上,可以读完一本心仪已久的书;夜里望着窗外月,放一曲清音,倚在窗台边,可以悄声吟诵无数唐诗宋词和元曲。

重新享受独处,是在做了现在的工作以后。工作需要我比别人先行一步,必须每天坚持看书;工作需要我不断充实自己,必须每天多加思考。于是,独处渐渐成为我生活的必需,独处渐渐成为我生活的态度。因为独处,让我有了更多的时间读书学习;因为独处,让我有了更静的心态审视反思;因为独处,让我收获了更多的工作乐趣;因为独处,让我了悟了更多的人生哲理。

当我写完上面这些文字的时候,又已经夜深人静,海边的灯光一盏一盏熄灭了。有时我想,当万籁俱静的时候,独处一隅的人,思维就会变得异常活跃,这是否也是相对论呢?

养生与养心

不久前翻看《青年博览》，看到一则趣事，作者说："朋友赠的两瓶葡萄酒，在后备箱里放了好长时间。直到有一天我准备品尝时，却发觉酒味基本涣散了，只剩下微苦。朋友说，这是因为酒在车上来回颠簸，被晃晕了，唯一的办法是把它放到一个安静的地方，也许它会自己静养回来。"看完不禁莞尔一笑。

其实人生亦如此！自从爸爸走后，我对母亲格外上心。因为母亲患有"三高"，所以我几乎每次和母亲通话，都会告诉她一些所谓养生之道。文摘、报摘上的养生秘方也被我剪辑下来，日后一并送给母亲。回家时还会给母亲买上几本养生书。虽然母亲每次听得很认真，但是奇怪的是，母亲除了吃我精心给她从国外购买的大蒜素、枫浆、麦片以外，其他的养生秘方都束之高阁不予采纳。回家看见养生书已蒙上了灰尘，扔在阳台的一角，便问她老人家，她回答我一句："养生先养心。"原来如此。

确实，当下国人最关心的事情莫过于养生，书城里面卖的最红火的书一定是养生类的，而依母亲看来，那些所谓大师传授的种种养生秘笈，不过只是一些养生之"术"而已，并非老祖宗传下来的养生之"道"。一个普通人，在繁忙的生活中要想深谙养生之道几乎没有可能，如果能够通过自身的修养，习得一点养生之道，那就阿弥陀佛了。

欲养生先养心。如何养心？一言养心要静心。所谓心不清静何来生活雅趣。每天的工作忙忙碌碌，做完这项工作下一项工作又在等着你，开完这个会又有下一个会等着你，周而复始，这也是在现代社会中人们难以静心的主要原因。朱熹主张"学者半日静坐，半日读书"，想静心的时候就读书；苏轼云"欲令词语妙，只需空且静"，想静心的时候可写诗；很庆幸自己的工作可以经常为之，读读书、写写诗，竟也是工作的一部分。只是人世间外在的一切都过于喧嚣，想要静心真的不易。如果欲望再多一些，则更难以守静。故二言养心要净心。所谓心不干净何来生活安宁。记得临来北方之时，母亲送我一句"知足常乐"，这句话其实也是母亲人生态度的真实体现，母亲就是一个心很干净的人。如今，"有钱就是任性"成为社会的流行语，眼花缭乱的尘世确乎令人无法清心寡欲。我们走着走着，就忘了自己的初心，一路上丢掉了许多美好的东西。一世很短，想要活得漂亮，就要放下各种各样的包袱，只带上一颗纯净的心、一双澄澈的眼，出发。在车马喧嚣里，做一个安静的行者，独行，守住那憧憬和本真。在红尘阡陌中，做一个静谧的智者，静思，执着于自在和真诚。做最美的自己，就在时间的长河里，静静流淌、波澜不惊。

青菜萝卜糙米饭，瓦壶雨水菊花茶。养生与养心，两者缺一不可又相得益彰。那么，晚饭后，不妨去海边走走，像李太白一样"天清江月白，心静海鸥知"；有空的时候，去山里住上几日，最好能够学着柳宗元，"汲井漱寒齿，清心拂尘服。闲持贝叶书，步出东斋读"。但愿每个人在新的一年里，都能找到适合自己的养生之道，获得一颗真挚守静之心。

城市的 GDP 和 DNA

我一直喜欢住在青岛老城区,这一举动令许多朋友不解,不知我为何放着东部的新房不住。我当然也乐意住在大屋里,只因为心中的老城情结,一直以为青岛独特的城市风貌只有在老城区才能体现,所以沉浸于此。

在一个城市住久了,周围的一切也就成为生活的重要组成部分,好比滋养植物根系的土壤一样。无论是一块老石板、一段老围墙,还是围墙后面伸出来的蔷薇花、常青藤。可是随着这几年的老城改造工程,许多旧的东西在飞快地消逝。我住的齐东路是一条典型的德制马路,好像一个"人"字,最高点信号山是"人"字的起笔,一撇到伏龙山坡,一捺到观象山麓,两旁则全部是德式别墅,人行道和台阶都用石头铺成,因为年代久远,表面已是点点麻坑,因为别墅都有花园,所以道路两旁全是围墙,而围墙也都由石头砌成。终于有一天,那些有百年历史的石头和石头砌就的围墙,被全部换成了新的。我忍不住问施工的民工,干吗要换石头啊?石头没有新旧之分呀。

民工说他们经理让换的。是啊！经理运作是要讲利润的，什么都不换怎么挣钱呢！蔷薇花和常青藤还一样从围墙里面伸出来，但是花叶掩映下的围墙却已失却了百年历史的沧桑。百年对于苏州、对于成都、对于北京可能很短，但这却是青岛建市的全部啊。一个不懂得保护城市文化的领导的一句话，转眼间城市就有可能变成"文化乞丐"。这让我想起在墨尔本的时候，城市管理者告诉我们：公园里的一棵树，他们都没有权力挪动。而在巴黎的老街，石头台阶中间被历史老人那脚步生生踩出的凹印，至今犹存，巴黎人也没有嫌弃街道两旁斑驳陆离的墙壁。怪不得巴黎人会骄傲地说，巴黎到处是工地，但不是建新的，而是维修老的。

  国内的老城改建，还算成功的恐怕首推杭州了，苏州应该也不错。如果说城市经济的发展，追求的是GDP的话，那么一个城市的文化应该像DNA一样，有自己的血脉、自己的个性、自己的精神。

  据说，市南区的建设理念还是不错的，老建筑特别是德国人盖的老别墅必须保留，老城内不能盖高楼，为了保留红瓦绿树、碧海蓝天的城市风貌，许多70、80年代的老套房也都"平改坡"，全部戴上了红帽子。如此看来，我还是应该乐观起来，虽然路上已经有两栋别墅全部推倒重建，但是如果不苛求的话，至少"春有百花秋有月，夏有凉风冬有雪"的城市生活还在。据说，法国最早的城市保护法在1913年就已经颁布了，屈指算

来，那时候的青岛，作为一个城市还处在幼稚园阶段呢！

　　冯骥才说过，城市"文化的内容却广泛得多，更多地表现在大片大片的民居中。它是城市整个生活文化的载体，也是城市真正的独特性之所在。"马未都说："当一个人真正成熟的时候，物质的乐趣就会消失，精神的乐趣会随之而来。文化的乐趣才是永恒的。我们只有珍惜自己辉煌灿烂的文化，才会有美好的明天。"在到处拆建的当下，希望当局者手下留情，为这座年轻的城市多留下点历史的沧桑和文化的气息。

人中人与人上人

去年这个时候,吕老师给我电话,为了小孙女的小学报名之事问计于我。吕老师本身是劳模和教学能手,却也为孙女到底上哪所小学犯了愁。我给出的意见是,就近入学,没有必要大费周章。小孙女虽然六岁,弹钢琴、诗朗诵、书法、舞蹈,样样学得有模有样,而且是发自内心的喜欢,这样的孩子上什么样的小学已经不再重要了。就近入学,让孩子有充足的睡眠,有高挑健美的身材;让孩子三餐吃得营养卫生,有健康抗压的身体;让孩子和亲人多多相处,懂得体恤感恩。一个健康快乐感恩的孩子比长途跋涉疲于奔命去重点实验小学好得多。吕老师是个聪明人,同意了我的看法,为孙女在就近小学报了名。一年过去了,吕老师经常在微信圈中和我们分享小孙女成长中的快乐,我们也因孩子的快乐而快乐着。

又到孩子入学季,许多家长又开始忙着为孩子选择学校。其实为孩子选择什么样的学校只是个表象,真正的目的是想把孩子培养成什么样的人。中国的父母比较喜欢为孩子选择

成长的目标，所以才有了"不能输在起跑线上"的中国式教子口号，才有了一系列的中国社会现象：高价择校、天价学区房、虎妈狼爸，等等。但是家长恰恰忘了最重要的一点：孩子是个什么样的孩子？作为家长，你为孩子起草了怎样的"人之初稿"。

由此我想起陶行知先生早在1928年就讲过的一句话："我们应当知道民国中只有人中人，没有人上人，也没有人下人。"陶先生九十年前的话语振聋发聩，告诫我们平等是教育的核心思想之一。一方面，教育要公平，为孩子们提供平等的教育资源；另一方面，通过教育，让孩子们自立于社会，成为平等的人。许多父母，自己是官员，就想让孩子考公务员，自己是教授，就想让孩子考博士，自己是体制内的，决不让孩子到工厂企业去。孩子从上大学选择志愿、大学毕业选择职业、工作以后选择配偶、成家以后选择生儿育女，几乎都有父母越俎代庖，因此，才有了专业与兴趣不一致、工作与志向不一致、婚姻和爱情不一致等诸如此类的中国社会共性问题。其实，孩子产生与父母不同的思维方式正是他们独立于社会的开始，只有父母承认孩子长大，孩子们才会长大；只有父母真心让孩子做一个人中人，孩子们才能快乐地长大；只有父母放手让孩子自己成长，孩子们才能真正地长大。一世很短，我们做父母的，就让孩子走自己想走的路吧，只要是把生命"浪费"在一切美好的事物上，无论从哪里出发，无论何时出发，都来得及。

足音

寻找鲁迅
——写在鲁迅先生130周年诞辰

厦门与我实在有缘,自1996年首次飞抵厦门后,这十余年间,一而再再而三地去厦门,去鼓浪屿,去集美园,去南普陀,但因为每次都是公干,总是处在被安排的境地,即便是考察也都身不由己。终于自己独自去了趟厦门,有了足够的时间自由行,于是选择秋高气爽的一天,我独自一人沿着中山路的骑楼门廊向海边走去,又独自穿过普陀寺的香客人流,在禅院的晨钟声里,向厦门大学走去……

厦大是我心向往之的学府之一,其中主要的原因之一是鲁迅先生曾经在厦大与远在广州女师的许广平相互倾吐心曲,虽然在厦大时间半年,但往来信札竟达77封之多,成就了硬骨头鲁迅的一段柔情往事——《两地书》(第二集),让我看到了与"横眉冷对"不一样的先生形象,懂得了鲁迅先生说的"无情未必真豪杰,怜子如何不丈夫"的原因。周海婴也说

过是"厦大成就了父亲的爱情。"在我的想象中，鲁迅在厦大应该是一个神，无人不晓、无人不知，没成想当我走进厦大，一连串问了一个门卫、四个学生模样的年轻人、两个教授模样的中年人，竟无一人能够告诉我厦大鲁迅纪念馆的大体方位，更无谈详细地址。

我茫然地穿行在朝阳沐浴下的厦大绿色校园里，看缕缕光线从葳蕤高大的南方乔木茂密的枝叶间漏下，难道这树荫如伞的枝叶遮盖着的还有鲁迅先生的光辉？

终于路遇一位手推脚踏车头发花白的长者，一身朴素的蓝衣，一副安详的面容。听了我的问讯，老人家一双睿目注视着我，缓缓抬手为我指明了鲁迅纪念馆的具体方向，其实在我问询无果、寻寻觅觅之间，已经走近了鲁迅先生在厦大的纪念馆。谢过长者，我缓缓移动脚步，慢慢向右前方的大先生纪念馆走去，校园里，早晨上班上学的人流越来越多，衬托得纪念馆甚是幽静。纪念馆是由鲁迅先生当时在厦大的住处——集美楼和后来开辟的文物陈列室合并而成的。尽管以前在鲁迅的文字中读到有关的情形，但是当自己置身于鲁迅先生曾经住过的房间，还是抑制不住内心的激动。只是整个二楼的陈列室里，除了我，只有一个工作人员刚刚换装上岗。

整整一个上午，我都沉浸在纪念馆那种说不出来的气氛中，仔细浏览每一页资料，端详每一张图片……当然，那一天，我在厦大鲁迅纪念馆的水泥地上，还看到了自己被晨光投射到地面上那长长的孤寂的影子……

　　看来鲁迅先生似乎快要被人遗忘了，快要过时了。从什么时候起，我们的心灵也和身体一样缺钙，我们的思想也和四肢一样僵硬。城市里的高楼越来越高，理想却越来越低，房子越买越大，胸怀却越来越小，我们是否离鲁迅先生太远？于是，我在厦大校园里寻觅先生的踪影，我在语文课本里寻觅先生的踪影，我在当下国人习性中寻觅先生的踪影，我也在自己的心中寻觅先生的踪影……

　　离开厦大的时候，回眸厦大校门，鲁迅先生的墨迹清晰如昨，我又顿悟：真正的大师是不用寻找的，厦大门口一批批青衿学子川流不息，厦大中文系的文学刊物还在沿着鲁迅指引的方向《鼓浪》远航，想到此，我对自己说：鲁迅先生不曾远去，也永远不会远去……

二〇一一年国庆于信号山

跌落凡尘的女神萧红
——写在萧红百年诞辰

在青岛短短百年的城市发展中,曾出现了一大批文人的身影。如今,当我漫步他(她)们驻足过的庭院,流连他(她)们居住过的旧宅、穿过他(她)们徜徉过的门廊,我的心海总会泛起阵阵涟漪。

在我家附近有五条含有龙字的路名,我称之为五龙之地,在五龙之地又有一个七叉路口,萧红在青岛的寓居就在这交叉路口最陡峭的那条路口——观象一路1号。一所石块垒成的二层小楼,我曾经无数次从它门口走过,但是轻易没有走进过,生怕一旦进去就会惊扰了萧红好不容易才争来的短暂的幸福。因为,幸福对于多灾多难的萧红而言,就像树上失却了老巢的小鸟,需要鸣叫着寻找、不停地迁徙,一有风吹草动就会嗖地飞走。

但可以肯定地说,1934年那个端午节的前夜,也是萧红23

岁生日前夜，萧红是幸福快乐的，从东北牢笼里飞出来的她，有爱人三郎相伴，有舒群夫妇相随，可以自由地生活和写作，身心得到了极大的满足。在青岛的日子，也是萧红短暂的生命中为数不多的一段快乐时光。想到此，我站在小楼院内，似乎看到了二萧琴瑟和鸣的情景，似乎看到了苦命的萧红终于莞尔一笑的面容。

时光荏苒，每当入夜，小楼的灯光还会亮起，但是灯下已物是人非，小楼几易其主，但我想小楼若有灵魂是一定能记得这位东北奇女子的。短短31年的有生之年，虽历经乱世离愁，但笔耕不辍，优秀作品源源不断，而且在现代文学史上风格卓异、一枝独秀。即便在离世前两年，从1940年1月冬至1941年7月夏病居香港之时，她还写出了20世纪最伟大的长篇小说之一——《呼兰河传》，在她的笔下，清凌凌的呼兰河成为乱世之中人们心中追求的精神家园。著名的短篇小说《小城三月》也是寓居青岛这段时间发表的，一个一直漂泊异乡的柔弱女子，用文字倾吐对故乡的深切思念，一个与家庭果断决裂的刚强女人，用笔墨抒写自己心中最柔软的情思。

可惜天妒英才，1942年，31岁的萧红便病逝异乡。当她一人在港治病时，病床前竟无人侧侍。从十七八岁离家到去世，竟然没能在同一座城市住满过一年。为此，在很长一段时间里，我不敢读她的作品。我不敢看她的生平。我不敢写有关她的文字。我不敢想她与萧军、端木两人的爱情。我不敢参

观她曾经住过的故居。我不敢瞻仰她在广州银河公墓和香港圣士提反女子中学的陵墓。太多的不敢，只源于心痛……

今年已然是萧红百年诞辰了，应该有人记得这位民国才女。听说萧红在呼兰的故居自开放以来已经接待了20多万参观者，听说端木蕻良在"文革"结束以后，经常祭奠她，还与夫人一起扫墓，写有《风入松·为萧红扫墓》一词：生死相隔不相忘，落月满屋梁，梅边柳畔，呼兰河也是潇湘，洗去千年旧点，墨镂斑竹新篁。惜烛不与魅争光，箧剑自生芒，风霜历尽情无限，山和水同一弦章。天涯海角非远，银河夜夜相望。从词中大概能看出端木仿东坡《江城子》之心意吧！但是自20世纪80年代先后出版了一系列萧红的作品以后，90年至今，就很少有人说到她。有时我想，萧红应该没有遗憾了，有《生死场》和《呼兰河传》就足以彪炳文学史册了。

现在青年人中知道萧红的也许会越来越少，但我想青岛的学生是应该知道这一段历史的，于是借职务之便，在《语文》教材拓展模块的散文单元中，建议收入萧红的《回忆鲁迅先生》。在现代文学史上，鲁迅和萧红的友情是不可绕过的话题。在青岛写作的时候，两萧就联系上了鲁迅先生，在青岛完成的《八月的乡村》《生死场》正是在鲁迅的推荐下才享誉文坛。特别是萧红，对于鲁迅先生有着一种冥冥之中天定的缘分，亦师亦父的感觉，鲁迅死后，她写了一系列的纪念文章，还有剧本《民族魂》。《回忆鲁迅先生》是与其他大量回忆鲁迅的文章大不同的，在萧红的眼里，鲁迅先生是人，一个普普通通的人。看似琐琐碎碎的流水文章，却从交往的细枝末节，从生活的点点滴滴，反映出萧红对鲁迅的真情和爱戴。而她的身世亦令先生怜惜，她的才华更令先生不吝赞赏。1935年鲁迅先生挈妇将雏住在闸北，在躲进小楼成一统的艰难时代里，还提笔为她的《生死场》作序："这自然还不过是略图，叙事和写景，胜于人物的描写，然而北方人民的对于生的坚强，对于死的挣扎，却往往已经力透纸背；女性作者的细致的观察和越轨的笔致，又增加了不少明丽和新鲜。……与其听我还在安坐中的牢骚话，不如快看下面的《生死场》，她才会给你们以坚强和挣扎的力气。"

只是无论怎样纪念她，我的心头总会时时泛起对她命运的痛惜之情。今天，当我走上萧红曾经走过的台阶，当我站在萧红曾经站过的院子，当我抚摸萧红曾经抚摸过的老树，当我仰望萧红曾经仰望过的蓝天，我内心的情感涟漪慢慢变得柔软和平静起来，萧红像一个不幸跌入凡尘的女神，她焕发出的短暂而耀眼的生命之光已经永远点亮我的内心……

二〇一一年端午节夜于信号山

守静难安的人生
——王国维海宁盐官故居游思

当我站在盐官镇西门直街上,一边是城墙外滔滔不息的钱塘江水,一边是农田里静静矗立的大师故居,不由得令我想起大师的"生百政治家,不如生一大文学家"的宣言。盐官热闹的不仅是钱塘观潮,这小小的村落也因为大师而再不寂寞。

当我站在大师白色塑像前,端详着大师忧愁的面容、梦幻的神情,我在想:先生为何忧伤?穷50年人生追求的理想又是什么?

一代国学大师,是怎样从我面前这个小小的农家院一直走到清华园的?

一代国学大师,又是怎样舍得以盛年之躯、研究之顶抛开一切跃入昆明湖的?

再读先生遗书:"五十之年,只欠一死,经此世变,义无再辱。"凡此种种疑问,不禁又浮现心头。

对大师的了解,最初是在父亲的书橱里读到大师的《人间词话》,"人间"为大师的曾用号,"古今之成大事业、大学问者,必经过三种之境界:'昨夜西风凋碧树。独上高楼,望尽天涯路。'此第一境也。'衣带渐宽终不悔,为伊消得人憔悴。'此第二境也。'众里寻他千百度,回头蓦见,那人正在,灯火阑珊处。'此第三境也。"第一次读到,心内大惊,世上竟有如此之人,把我最喜欢的宋词解读为治学之三境界。后来便有了在大学课堂上,听吴老师用一口苏州方言讲大师的文学理论,格外津津有味的情景。

但那时大师一直处于主流文化之外,我对大师的了解也就止于此了。直到此番走到盐官,才真正被大师的生平遭际所触动。

有人贬大师愚忠,说他蓄辫子、穿马褂,复古。固然王国维曾陪读溥仪于紫禁城中,冯玉祥逐溥仪出宫,王国维也引为大耻而意欲自尽。但是不懂政治的王国维对前清小朝廷有的恐怕只是感恩而已,他的蓄辫子、穿马褂,更是为了明志,与那些民国前大骂革命党,民国后又剪辫子穿西装的投机分子而言,不是更有风骨吗?

有人笑大师胆怯,说他悲时局、怕革命,守旧。固然王国维曾因两湖学者被枪毙而惧,但北伐大潮席卷中原,农民运动如火如荼,社会动荡,秩序不在,作为一介书生,手无寸铁,所有积蓄又被无故侵吞。一家老小,身处异乡,乱世逃难,寝食难安,如何谋生?又如何做学问?

在盐官,我看到大师年幼便体弱多病,四岁丧母,三十一岁丧妻,五十岁丧子,人生三大不幸一一体验,内心受尽痛苦

折磨。正所谓:"天幕同云暗肆吹,失行孤雁逆风行"。加之二十五岁之前历经甲午风云、戊戌变法、庚子动乱,中年后又经历辛亥革命、军阀混战,可以说历史风云时代变幻他都亲眼看见亲身经历了。这对于一个纯粹的学者、但又关心时事和经世之法的文人来说,是何等不幸之事。

其实,我推想,大师最想做的还是一个江南人,生活在鱼米之乡,静静地品咂着甜点和浓油赤酱的杭帮菜,"我本江南人,能说江南美。家家门系船,往往阁临水。兴来即命棹,归去辄隐几。"……

其实,我推想,大师最想做的还是一个好父亲,静静地享受着天伦之乐,或者在清华园里,躺在书房的藤椅上,考考女儿是否能够背完《论语》,或者在京都樱花盛开的季节,儿女绕膝,读书编目……

其实,我推想,大师最想做的还是一个大学问家,静静地在琉璃厂淘书,极尽抄书、校注之能事,潜心学问,乐此不疲;静静地在清华研究院教书,说着一口别人很难听懂的海宁官话,用精神和素养濡养学生……

大师死后,其亲家罗振玉曾经说过一句话:"能继承王国维者,唯陈寅恪。"陈寅恪对大师死因的分析,我认为是懂得王国维内心的:"凡一种文化价值衰落之时,为此文化所化之人,必感痛苦,其表现此文化之程序愈宏,则其所受之苦痛亦愈甚。"

是啊,没有了一个能安安静静做学问的时代,没有了一颗能安安静静做学问的心，对于一个真正的学者文人而言，真的还不如"书成付与炉中火，了却人间是与非。"朝闻道夕可死矣！大师应该是这么想的吧？"连江之点萍，悲欢皆飘零"，一个人的落幕，一个世代的变幻……

大师学生吴其昌说"王国维是一只古鼎"，说得好。中国学术界还是需要古鼎的，无论是过去还是未来，而且是一只从一而终不喜顺时而变、历尽时代沧桑、具有历史包浆的古鼎。何况还精通西方文学，学贯中西呢？

借用王国维送给别人的词语形容一下大师本人——是大诗人，是大学人，是更大哲人。

三月的江南，夕阳还明晃晃地亮着，照在故居"娱庐"的后花园中，花园里花草萧索，只有那口老水井依然静静地占据着围墙一角，我没敢探头一望，是否还有汩汩清泉冒出？但我能断言，大师的国学精神和治学风格定会像汩汩清泉一般滋养着一代又一代中华学人。

告别故居的时候，大队人马前来参观，我一问，原来是杭州某大学的学生，看来早已走下人生舞台的大师，身后真的不会再寂寞了吧！

值清华百年校庆之际，值此上下都在庆典之际，谨以此文纪念王国维大师，纪念清华曾经有过的人文风骨。

二〇一一年五一假期于信号山

潮汐一样的人生
——写在康有为仙逝84周年

康有为到底是一个怎样的人？他的一生又有着怎样的人生轨迹？每天，当我驱车从小鱼山下的福山路经过的时候，这两个问题总会在我的脑海一闪而过。

站在汇泉湾畔，看眼前大海潮涨潮落，我心里似乎有了问题的答案。在康有为七十年的人生中，作为书法大家，在人生这本大书中，书写得最为精彩、最震人心魄的当数"公车上书"和"戊戌变法"了。

甲午战争失败后，李鸿章赴日签订《马关条约》，国人愤怒。此年为光绪二十一年（1895年），此时的康有为正在北京参加会试，37岁血气方刚的康有为，得知《马关条约》签订，连夜起草了一份一万四千多字的上皇帝书。5月2日，康有为联合各省在北京会试的一千三百余位举人签名上书，提出"拒签和约、迁都抗战、变法图强"的三项主张。因汉代以公家车马递送应举的人，"公车"被后人引申为举人入京应试的代称，故此次事件被称为"公车上书"。经过此事,康有为赢得了书生领袖的名声。

康有为得中进士,授工部主事,但并未及时履职,而是在北京立会编书,让梁启超担任《时务报》主笔,鼓吹变法维新,一时变法思潮汹涌,康梁之名震撼宇内,此时康有为更有"康圣人"之誉。两年后,德国强占胶州湾,康有为再次上书请求变法。此时的康有为便埋下了与青岛结缘的种子。

光绪二十四年(1898年),此年为戊戌年,4月康有为成立保国会,得到军机大臣翁同龢等人的支持。光绪决意变法,6月16日在颐和园勤政殿召见康有为,任命他为总理衙门章京,筹备变法事宜,由此开始戊戌变法,后因慈禧干预,维新运动失败,因变法历时一百零三天,史上又称"百日维新"。光绪皇帝被幽禁,唯有六君子引颈受戮,以血荐轩辕,在谭嗣同"我自横刀向天笑,去留肝胆两昆仑"的决绝里,康梁二人逃亡国外,康有为就此淡出中国政治舞台,流亡国外16年,直至辛亥革命以后方才归国。

应该说,处于"公车上书"和"戊戌维新"时的康有为,正站在两个世纪之交的节点,一腔知识救国的热血,满怀革新图强的抱负,人生就如同八月十八的钱塘大潮,恰似"八月十八潮,壮观天下无",横空出世,席卷而来,声威震天!

其实"潮起潮落,人生几何",后世对于康有为的评价从来都是褒贬不一的。康有为大弟子梁启超曾言:"先生能为大

政治家与否，吾不敢知，虽然，其为大教育家，则昭昭明甚也。"但是说康有为是那个时代最有影响的思想家应该是没有异议的。梁漱溟先生也曾经说过："康有为他有他的价值，不过他的价值是在他比较早的时候，比较年轻的时候，他越到后来他越是不行了"。梁先生所说的这个后来应该就是康有为在戊戌变法失败时和归国之后的两个时间段。我想这应该是康有为潮汐人生中的最低潮了。

其实人生有时就是一种选择。回首历史，变法失败时，康有为没有和谭嗣同一样选择杀身成仁，在生命的生死之间，他选择了生；张勋复辟时，康有为作为帝制复辟的精神领袖，在历史的顺逆之间，他选择了逆；此时为1917年，康有为第一次来到青岛，就此和青岛结下了不解之缘。溥仪离京时，康有为作为保皇党，在政体的保皇和共和之间，他选择了保皇。于是有人说他与袁世凯同流合污，有人骂他老年昏头成了历史的小丑。文革期间更有红卫兵小将掘墓毁棺。于是，近代史上数得着的风云人物都出了全集，曾国藩、李鸿章的作品几乎在高官大贾们案头皆有几册，只有学贯中西、放眼世界的康有为受到冷遇。

其实一个人能够一生拥有"公车上书""戊戌变法"足矣！青史已然留名！更何况这个人作为中国近代史上伟大的教育家，拥有梁启超、王国维、徐悲鸿、刘海粟等这样的大家弟子；更何况这个人作为中国近代史上伟大的旅行家，历时16年，足迹走遍4大洲，游历31个国家，行程多达60万里；更何况这个人作为晚清民初书法巨子，开创了书法一代康体，不仅有书法而且拥有书学理论，书法精品近年来更是价值大涨；更何况这个人作为中国近代史上的一代学者，洋洋洒洒千万字的《康有为全集》（终于出版了），笔墨涉猎经史子集四大部，还有一千多首浪漫主义诗歌，情义浓厚，笔触潇洒，为大弟子梁启超的"新文体"做了开路先锋！

作为清末民初最有影响力的思想家，在19世纪最后的那几年，他领导了轰轰烈烈的中国知识界的启蒙运动。后来，他又想通过不断上书进谏掀起一场自上而下的政治体制改革。在他之前，还从来没有一个思想家敢于像他那样把改革中国政治体制的建议和设想反反复复向皇帝提出。没有人，没人敢！正如毛泽东所言，他"代表了在中国共产党出世以前向西方寻找真理的一派人物"。

不用再表述什么了，历史其实从来不像人们说的那样！我还是喜欢在春夏之交，信步来到小鱼山脚下，瞻仰一下康南海先生福山支路5号的故居；或者在秋冬之际，登上青岛师范学院身后的浮山山腰，默念一下刘海粟先生写的墓志铭和墓旁的6棵柏树。当1923年康有为购置了福山支路5号时，康有为就真的和青岛结下了生死之缘！不知是先生不幸还是青岛有幸？于是才有了今日青岛"红瓦绿树，碧海蓝天"的美誉吧！

谁又能记得起1927年的今天呢？在青岛，在福山支路5号，

在此时此地我的面前…

谨以此文纪念康南海先生仙逝84周年！

PS：文章下午七点写完，未料没有保存即匆匆关机，所写文章荡然不存，只得重新写于信号山上，我住此地与康有为故居不过千米。已是2010年3月31日晚10点30分，距84年前康有为去世不过6个小时。

又补记：康有为故居：

1. 广东南海故居：坐落于今广东省佛山市南海区丹灶镇银河村委苏村。1858年3月19日，康有为诞生于此，在此度过了学习中西文化的青少年时代。至康有为时康氏家族已在此居住了五代人，康有为称之为"百年旧宅"。有"延香书屋"、"澹如楼"、"七桧园"，康有为中进士时所竖的旗杆如今犹存。1983年，南海县将康有为故居修复，1986年在故居附近建"康有为纪念馆"，1996年11月康有为故居被列为全国重点文物保护单位，佛山市爱国主义教育基地。

2. 北京故居：坐落于北京宣武区米市胡同43号院，原广东南海会馆，其中"七树堂"是康有为在北京时的住所。康有为变法维新运动失败后移居日本。1984年，康有为故居被列为北京市文物保护单位。

3. 青岛故居：坐落于青岛市福山支路5号，始建于1899年，是一座三层德式砖木结构的建筑，为德占时期总督副官官邸。

1923年康有为先生购买此房作为寓所，直至1927年3月31日病逝于此，现为山东省重点文物保护单位。康有为说过"青岛此屋之佳，吾生所未有"，"此屋卑小而园甚大，望海碧波仅距百步"。由于溥仪曾赠给康有为一个堂，名叫"天游堂"，所以康有为将这里取名"天游园"。晚年的康有为每年都要在此住上一段时间。1927年3月30日，康有为在青岛英记酒楼出席广东同乡为他举行的宴会时，吕振文也在座。当康有为喝了一杯橙汁后，脸色大变，直说难受。吕振文迅速用马车将康有为送回寓所。经日本和德国医生诊断，为食物中毒。3月31日凌晨4点30分，康有为七窍流血，死在门生李微尘怀中。死后才三天，他的三岁幼女康同令亦夭殇。1966年8月，康有为墓惨遭青岛市某中学"红卫兵"们破坏。从1980年开始，青岛市政府重新为康有为选择墓地。后经省委领导批准，将新墓地选在青岛浮山南坡的茅岭上。墓碑正面系刘海粟题写的"康有为先生之墓"，墓前刻有刘海粟重新撰写的墓志铭："公生南海，归之黄海，……文章功业，彪炳千载。"对康有为的一生作了高度概括。

二〇一〇年三月三十一日夜于信号山畔

重温庐山

——写在陈寅恪先生124周年诞辰

去庐山之前,有朋友告诫我,庐山从来就是是非地,不是温柔乡。我想,朋友可能是中共党史看多了,所以才有此种想法吧。只有在中共党史上,庐山才是风云变幻的是非之地。于我而言,庐山就是那庐山恋电影院中永不落幕的《庐山恋》,适合看山、听泉、漫步、思考或者恋爱。

没想到这次继2002年后重上庐山,因为慢了脚步、换了心情、变了行踪,真的有了不一样的收获。

重温庐山,在1980年7月12日《庐山恋》首映后的第34个年头,弦月高挂庐山山顶,我坐在庐山恋影院,成为第1906113位观者。重温庐山,当然不是为了重温电影,而是为了重温一个时代抑或重温一段历史。

庐山植物园,重上庐山第一天东线游的最后一个景点,正在大家为了园中无甚可看而质疑导游的时候,一块指示路牌吸引了我的眼光，路牌的最后一行分明写着"陈寅恪墓"几个大字。我的心开始怦怦乱跳起来，顾不得告诉同伴，一人快步走上了通往墓地的小径，穿过杜鹃花房，一张石桌、几个石凳随意摆在树下，再穿过简陋的木门楼，一块"景寅山"的石头兀自竖在路旁，过了石头，墓地便赫然呈现在眼前：高低错落的一堆天然山石，形态各异的几棵大树绿植，便构成了墓地。右数第二块突起的石头上，写有"陈寅恪 唐筼 夫妇永眠於此"，左数第二块最大的石头上，则刻着"独立之精神，自由之思想"。简朴、个性的墓地，把两夫妇相扶相守的爱情生活、把一代国学大师的精神境界，展现在世人面前。园林里静悄悄的，周围空无一人，我站在墓石前面，静静地瞻仰，默默地沉思。

　　重温一个人，其实就是重温一个时代。在中国现代史上，陈先生是个独特的研究历史的人物，他在各著名大学教书，却一生中没有一张文凭。他不仅精通文史、学贯东西，而且通晓二十多种语言。36岁时就与梁启超、王国维一同应聘为清华国学研究院的导师，并称"清华三巨头"。从他同时代的学人对他的评价就可见一斑。清华国学研究院主任吴宓很器重他，称他是"全中国最博学之人"；同事梁启超也很尊重他，向人推介："陈先生的学问胜过我。"傅斯年则说："陈先生的学问近三百年来一人而已。"胡适的日记中记有："寅恪治史学，当然是今日最渊博、最有识见、最能用材料的人。"在中国现代知识分子中，陈先生也是个极有个性的大写的人，他出身名门，是

清末民初最著名的诗人——散原老人的大公子。解放初期，身处南国，也得到了陶铸等人的慧眼识珠，如此养尊处优的人，能做到在历次政治运动中不发一言，在沉默中保持自己作为一个独立知识分子的品质，用行动践行自己"独立之精神，自由之思想"的主张，这样的知识分子在中国"那个时代"确实是不多见的。

只是站在墓碑前的我有点不明白，陈寅恪夫妇深受"文革"迫害，于1969年、1970年相继逝世，晚年生活在广州的陈寅恪，怎会长眠于庐山？我2002年上庐山为何没有听说此事？查阅资料后方才明白，夫妇二人的骨灰先是寄存火葬场，后改存银河公墓，直到2003年才安葬于庐山植物园，陈先生祖籍江西，晚年生活在炎热的广州，能够长眠于遍种松柏杜鹃的庐山植物园当然是很好的归属。我深深地鞠躬，掐指算来，冥冥之中，命运之神让我在陈先生124周年的诞辰之时拜谒其墓，何等幸事啊！

二〇一四年七月十六日于信号山畔

踏青扬州

到一个没人认识你的城市，停下越野，素面朝天，无需导游，徒步旅游，这是我最钟情的旅游方式。趁清明回家扫墓，烟花三月去扬州，眼看扬州已今非昔比，决定徒步一游广陵。

其实扬州于我意义非凡，这是从未谋面的爷爷出生的地方。很难用语言表达，就好像是心中的明月，无论我到哪里，总有月光照着我一般。来扬州前，青岛还乍暖还寒，山坡小道上，少见春的踪影，及至来到扬州，发现早已满城春色。汶河北路的街道花廊一直陪伴着我，如此小城，在不宽的马路边居然还能辟出街边花廊供人小憩，可见扬州确乎不负"满郭是春光，街衢土亦香"的美名。

折上桃红柳绿的盐阜西路，正在感叹"暖日凝花柳，春风散管弦"，抬眼望见了史可法路，穿过河上拱桥，朱德手书的"史可法纪念馆"六个大字赫然在目。进得馆内，一副长联跃入眼帘，"时局类残棋杨柳城边悬落日，衣冠覆古处梅花泠艳

伴孤忠"。

大凡60、70年代生人对于史可法的印象，如果不是研究明史之人，基本源于中学语文课本中全祖望的《梅花岭记》和方苞的《左忠毅公逸事》。

史可法是河南人，祖籍北京大兴，没有留下子嗣，只有义子史德威的后代至今生活在武汉，但却以扬州人为荣。史可法一生历经了神、光、熹、思及弘光五朝，以一介书生，受命于南明小朝廷。从政二十七载，及至升为南京兵部尚书，无不以其功德获得擢升。史可法的一生，可以用为学勤奋、为官勤廉、为亲孝廉来概括，只可惜生不逢时，南明小朝廷摇摇欲坠，阉党魏忠贤专权朝政，地方官僚各怀鬼胎，即使身为栋梁也难以支撑即将坍塌的南明大厦。

所谓为学勤奋，从他年少时自题于书屋的对联即可见一斑：古砚不容留宿墨，旧瓶随意插新花。唯因如此，史可法少年时便有"神童"之名号。

所谓为官勤廉，从政二十七载，官运亨通，在那个时代完全应该富甲一方，特别是崇祯时期担任漕运总督，不能不说是个肥差。但是经济上并不富裕，说两袖清风也不为过，给家中寄钱，最多一次也不过银五十两、银杯一只。并多次叮嘱妻子"可将首饰变卖充用度"，又让妻子从少量的用度中匀出一部分周济贫苦亲戚。督师时，"行不张盖，食不重味，夏不箑（扇子），冬不裘，寝不解衣。"

所谓为亲孝廉，有几重意思：一是作为儿子足足服丧守孝三年。二是作为丈夫，继室杨氏见他人到中年还无子嗣，欲为其娶妾，没想到史可法一声叹息："王事方殷，敢为儿女计乎"，坚决不同意。三是作为学生，史可法勤奋苦读，被左光斗这位伯乐发现，后左光斗因为反对阉党受酷刑入监，史可法冒死送钱给狱卒得以扮成拾粪人进牢房探望恩师，左光斗以指拨眦，目光如炬，怒曰学生为"庸奴"！言"国家之事糜烂至此，老夫已矣，汝复轻身而昧大义，天下事谁可支柱者？"后史可法常流涕语人："吾师肺肝，皆铁石所铸造也！"因为恩师，史可法带兵打仗时，常使将士更休，自坐帷幕外，每每寒夜起立，甲上冰霜迸落，铿然有声。人或劝其稍事休息，即云"吾上恐负朝廷，下恐愧吾师也。"往来于桐城，必定亲临恩师府第，向老师的父母请安，在堂上拜见左夫人。

1645年4月25日扬州城陷，守城督相史可法，面对如林而至的清兵，怒目大喝："我史阁部也。"面对清将多铎劝降词，大骂而死。因遍求史公之遗骸不可得，史德威遂按照史公遗言，于梅花岭上以衣冠葬之。全祖望百年后登岭，与客述忠烈遗言，无不泪下如雨，全篇皆以忠烈尊称，正可谓梅花如雪，芳香不染。

368年后，我默默地站在史忠烈公（史可法的谥号）墓前，浮想联翩。历史真的是很玄妙的东西，任何人都无法改变历史的轨迹，任何人都会淹没在历史的洪流之中。想古往今来，

能有多少人被后人评说？史可法死后，有人说史可法大敌当前方寸大乱，一日之内三发令箭，用兵不如诸葛亮；有人说史可法身为督相，苦苦经营江北一年，却在一日之中城破自裁，守城不如江阴城；有人说史可法崇祯年间已无建树，弘光时期在策立新君上又铸大错，才识不如东林党；可谓众说纷纭，莫衷一是。但是我想，无论怎样，史可法的一生值得肯定，且不说为官之自律值得当今官员好好学习效仿，但就其以44岁壮年之身殉国，在整个南明小朝廷一片叛臣降将中鹤立鸡群，真可谓"数点梅花亡国泪，二分明月故臣心"，浩然正气长存天地之间。看着墓前摆放的鲜花，我不禁长叹，莫说梅花冷艳伴孤忠，分明是江南百姓长忆您啊。听说史可法义子史德威的后代还曾经到扬州实地考察，准备将史可法在扬州迸发出的人生最后异彩记录在册。好啊！年年清明至，年年花儿红。这花不仅开在梅花岭上，这花还永远开放在扬州人和许许多多爱我中华百姓的心上！

二〇一三年清明于扬州

至情自清

　　扬州之旅的最后一站，我从何园石山长廊里步出，已是脚板发烫、日头西斜，需赶在闭馆之前赶到今天最后一个景点，靠步行恐怕是不行了，于是灵机一动招来人力车夫，未等我说出目的地，车夫就笑着说找我就找对了，去那儿的出租是开不进去的。我暗自庆幸自己有福，也感叹与扬州有缘。

　　坐上人力车，在扬州街巷之间穿行，弄堂宽处不过一条石路，窄处简直一车难过，有时从晾衣杆下钻过，有车过时又将倚门而憩的老人惊醒。终于到了安乐巷27号，"朱自清故居"在逼仄的弄堂深处清清静静地独立着。故居实在是小，院子一进，厢房几间，后有一处更小的别院。老屋陈设简单，与何园、个园相比几近简陋。每间厢房除了老照片，便是老家具。门厅、天井、灶间、堂屋、卧房，小得似乎都站不下几个人。故居也实在安静，静得游客只有我，管理人员倒有4个，售门票的、巡视的、卫生室的，还有1人轮休。唯有故居门口一位老人，把一出不知名的扬剧放得震天价响，算是为冷清的故居增添

了一点热闹。不过正如朱先生所言，但热闹是它们的，我什么也没有。看着故居院子里朱自清雕像，我忽然体悟到朱先生在这个宅院里曾经的孤清，当年和父亲失和离家出走的时候，朱先生一定从安乐巷匆匆走过，决计不再回头。如今65年过去了，简陋的故居又因朱先生而丰富起来，这应该是朱先生生前就想到的吧！

对朱先生的了解，应该也是源于语文课本，小学时的《匆匆》《春》，初中的《背影》，高中的《荷塘月色》以及毛泽东的《别了，司徒雷登》，不难发现自清至情。

现代文学史上写父亲写得好的，一是汪曾祺先生的《多年父子成兄弟》，二是朱自清先生的《背影》，有趣的是两位大作家的故乡相隔不到一百公里。朱先生幼学时期，虽然科举已废，但是父亲对长子督学甚严，旧式教学令朱先生在诗文和经史方面学养深厚，这也为他成为一代散文大家垫下很好的国学基础。但是父亲是一个具有浓重封建家长礼法的父亲，虽然朱先生一度对于父亲的专制逆来顺受，譬如十四岁从父母之命定下婚约，十八岁成婚。但是在北大学习的朱先生，受五四新文化运动的思想影响，逐渐形成了人格独立解放的新思想。本来朱先生一直靠做中学教员负担家庭经济，在回母校扬州中学任教务主任时，父亲凭借与校长的私交，直接拿走了朱先生当月的全部薪水，终使先生倍感愤然，离家远赴浙江任教，父子从此失和多年。后朱先生在北大接父家书，听父亲言离老去不远，内心受到极大震撼，回想幼年父子冬夜围炉坐吃白水豆腐的情景，忍不住提笔倾诉，写下深情《背影》。好在《背影》发表时，父亲还在世，读到儿子文章，百感交集，老泪纵横，前嫌冰释，满足离世。此至情一。

　　中国作家中写情书写得坦诚无忌的，朱先生算得上一位。对于两任妻子，朱先生都用情颇深。第一任妻子虽是父母之命的旧式妻子，却是贤妻良母，调教6个子女整日操劳，刚过而立之年就因病去世。在朱先生新婚三月之时，他写下了《给亡妇》一文，用十分质朴的文笔告慰亡妻，也看到有人批评说朱自清居然在新婚之时写作这样的文章，不是自觉对不起亡妻，就是觉得新婚妻子不如亡妻而已。但我不这样认为，我至今记得文章平淡如白话的结尾："我和隐今夏回去，本想到你的坟上来；因为她病了没来成。我们想告诉你，五个孩子都好，我们一定尽心教养他们，让他们对得起死了的母亲——你！谦，好好儿放心安睡吧，你。"虽没有元稹或苏轼悼亡妻般的诗情，但对话式的语气，亲切一如亡妻在世，谁能于新婚之时如此惺惺作态呢？第二任妻子陈竹隐和青岛还有渊源，曾经在青岛电话局做女接线生，和陈竹隐之间，朱自清品尝到了相知相恋的情感，深切体会到了什么才是真正的爱情，这从他保留至今的71封情书中可见一斑。"隐：一见你的眼睛，我便清醒起来，我更喜欢看你那晕红的双腮，黄昏时的霞彩似的，谢谢你给我力量。""亲爱的宝妹，我生平没有尝到这种滋味，很害怕真会整

个儿变成你的俘虏呢！"虽非原配但却伉俪情深，为此陈竹隐在朱先生盛年辞世后，边工作边抚养儿女，还参与《朱自清全集》的编撰，逝世前她把朱先生的手稿、文章、实物全部捐出，仅给每个孩子一封朱先生的信留作纪念，没有辜负朱先生对她的深情。此至情二。

中国有风骨的士人不少，朱自清完全担得起真士人的名号。朱自清辞世前一年，因为清华的事务实在繁忙，他的胃病越来越重，体重也越来越轻，最轻时只有38.8公斤，天可怜见。也在斯时，他在拒领美援面粉的声明上庄重签下了自己的名字，以区区肉身之躯托举起了国家和民族的尊严。为此，堂堂清华破天荒地降半旗致哀，追悼会上，梅校长亲自致辞竟至哽咽无语。为此，开国领袖毛泽东在《别了，司徒雷登》中高度评价朱自清："一身重病，宁可饿死，不领美国的'救济粮'……我们应当写闻一多颂、朱自清颂，他们表现了我们民族的英雄气概。"此至情三。

至于朱自清对儿女、同学、同事、还有学生，都讲一个情字，不一一赘言。

在故居停留不到半天，又看到许多以前未曾见过、未曾听过的史料，特别是日记，对于这样一个至情之人的认识越加深刻。以前在北京看朱自清和陈竹隐的合葬之墓，发现没有碑文竟觉奇怪，其实像朱自清这样生活在旧时代中的士人，一身风骨，两袖清风，是不需要什么碑文的。一个情字就足以令人感叹，这情字，蕴含着民族之情、士人之情、诗人之情、大丈夫之情、儿女之情。

临走之前，我担忧故居会不会拆，管理员肯定地告诉我不会。我忍不住对她说了一声"谢谢"！心想，你们是这个城市文化的守望者，虽然只是驻守在这小小的宁静院落，但守住的却是这座城市的文化血脉，这座城市会记得你们的。

步出安乐巷往东便是东关古渡。我沿着古运河漫步，河水静静流淌，从古至今，晨昏不停，仿佛绵延不断的历史。正如朱自清的后人所言："人们凭吊朱自清，寄托哀思，是在尊崇一种气节，一种风骨，一种精神。"这也说出了我的心声啊。

在扬州两天了，几乎已经把小小的扬州城走遍，东巷西陌十分熟稔，仿佛真的变成了扬州人。想起唐人张祜的"人生只合扬州死"，想我等之辈很难实现，但《扬州春词》云：江北烟光里，淮南胜事多。常来这"春光荡城郭，满耳是笙歌"的小城走一走、看一看，人生之路可能会走得从容一点、优雅一点。

二〇一三年五一节于信号山

飞越湖南

当多年以前,我飞越黄河、飞越长江,飞过了洞庭湖,到达长沙黄花机场的时候,正是南方夏收的时候,机场周围田野上空到处弥漫着烧草味,我忍不住对同伴说:"没想到如今的长沙是机场黄花分外香啊!"

怀着"独立寒秋"的心情,来到湘江岸边,眼前却难现"湘江北去"的气势,因为长时间的干旱,湘江真的快见浅底了;吟着"指点江山"的诗句,寻访橘子洲头,也不见当年风采。于是默默地跟着大部队,走上了一条正在整饬的道路。

正在没精打采的时候,"岳麓书院"四个大字突然迎面而来,宋真宗那敦厚又不失清秀的字迹,一下子使我精神抖擞起来。大门两旁那副脍炙人口的对联把众人的眼光牢牢吸引了过去。传说上联是清代嘉庆年间的岳麓山长(书院院长)袁名曜所题,取自《左传·襄公二十六年》,原句为"虽楚有材,晋实用之",题后嘱门生对出下联。门下一贡生取《论语·泰伯》"唐虞之际,于斯为盛"的下句对之,竟是绝佳配对,相得益彰,从此流传至今。从对联足见书院在中国文化史和教育史上的至高地位。作为我国古代著名的四大书院,院内像这样的匾额和名联实在是不计其数。

站在禹碑亭前,端详着碑上那流畅优美的古文字,我的思绪飞越到公元前21世纪初的帝舜时期,大禹接过父亲鲧的治水大旗,改堵为疏、平息水患的神话故事如在耳边回响;

站在赫曦台上,望着山径曲曲折折伸向郁郁葱葱的岳麓山深处,我的思绪飞越到了八百多年前的宋代,仿佛坐在书院讲堂内聆听朱子讲学,朱子耳提面命,使我如坐春风;

走在书院的麻石道上,看门院重重,文化气息扑面而来。从这条麻石道上,走来了魏源,走来了曾国藩、熊希龄,走来了谭嗣同,走来了黄兴、蔡锷,走来了毛泽东、蔡和森,走来了一个开天辟地的新中国!

沿着这一代又一代笔杆担道义、学问为经世的湖湘文人的足迹,我又飞到了吉首,来到美丽清幽的凤凰城。坐着竹筏飞驰在清澈见底的沱江上,越过横跨江岸的跳岩板桥,越过咿呀唱歌的老水车,越过根根直木撑起的吊脚楼,越过《边城》和《长河》,我来到了沱江畔的听涛山。

如果没有书写着"沈从文墓地"5个遒劲大字的石碑,我可能找不到先生的墓地,因为这位中国一流的"书生",没有坟冢,只在一块竖长的石碑上,有画家黄永玉为表叔题写的碑文:"一个士兵不是战死沙场,便是回到故乡。"是啊,沈先生年轻时候的梦想是当兵,没成想却成了一介书生。

沈先生身后栖息在这么一小块狭长的草坪上，只有一块天然去雕琢的石头与他作伴，石头正面镌刻的是按沈先生的手迹题的语句："照我思索，能理解我；照我思索，可认识人。"石头背面则是沈先生的姨妹张充和的绝妙撰联："不折不从，亦慈亦让；星斗其文，赤子其人。"其联句尾四字"从文让人"高度概括了沈先生一生的高风亮节。

缓缓流淌的沱江，是凤凰的母亲河，这条缓缓流淌中又激流飞溅的河流，这条流淌在窄窄山峡中又水面宽畅的河流，孕育了一幅边疆僻地的风俗画，孕育了一颗琴心剑胆，孕育了一首讴歌人生的赞美诗。先生虽然没有成为醉卧沙场裹尸还的英雄，但那洋洋洒洒五百万字的著作，使先生从边城凤凰走向了世界文坛，终老又带着世人的瞩目回到凤凰，而且是沈家自理安葬费。

我站在沈先生的墓地，严格地说是先生长眠的草地，望着沈先生的墓碑，严格地说是一块天然的五彩石，思绪飞越，"黄昏照样温柔、美丽和平静。但一个人若体念或追究到当前的一切时，也就照样的在这黄昏中会有点儿薄薄的凄凉。"我也和翠翠一样，在自己成熟的生命中，觉得缺少了什么，也"好像眼见到这个日子过去了，想要在一件新的人和事上攀住它，但不成。好像生活太平凡，忍受不住。"于是，我在路边采下一束山野的小花，摆放在石头旁边，抬眼望去，听涛山上的云霞美得惊人，倒映得沱江宛如一幅水粉画卷，而我的思绪也随着沱江飞越到了远方……

北京北，蓝天蓝

如今一提起北京，印象最深的莫过于雾霾，据说每年逃离北京城的年轻人越来越多。其实上溯到现代，许多文人大抵是偏爱北京的，林语堂的《京华烟云》如此，郁达夫的《故都的秋》更是如此，且两人皆为南方人。其实，看一个地方，如果我们换一种心情，再换一个季节，可能会有不一样的景致出现在你的面前。

于是在2012年早春，自驾去了一趟北京北，发现了别样的蓝天蓝。

顺着京顺路、京密路，从顺义区出发，经过密云区抵达怀柔区，蓝天白云始终相随。一路上远眺司马台长城遗址，不老屯追寻吉祥寺踪影，游走在云蒙森林公园，更有飞流瀑瀑冰晶莹——京东第一，天门山山门天成——势不可挡，雁栖湖湖雁相亲——旖旎秀美，鬼谷子子弟无影——云梦仙境……

本来第一站就是冲着登临司马台长城遗址去的，但是因为修缮，主要考虑到我的体力，朋友还是劝我以远眺为主，戏

称好汉是不一定非要到长城的,在后面的路途上还会看到许多长城遗址。尽管是远眺,那蜿蜒雄伟的气势也已经震撼了我。中午我们到了一个名叫不老屯的村镇,看村名有趣,便歇脚停车,择一家农舍吃过大碗羊肉,刚想启程,忽见路旁小小的景点指示碑上的三个小字"吉祥寺",我随即问蹲在路边的农民朋友:"在哪?多远?"岂料农民朋友直摇头。走,路遇吉祥,何不如意!于是汽车下小道直奔大山深处。没想到,开了半个小时,吉祥寺依然毫无踪影。这时汽车面前似乎已无路可走,抑或好像已经路比车窄,我们还是硬着头皮往前开,一小时以后,终于有两块巨大的山石先后出现在我们眼前,一块曰吉祥,一块唤如意。又走过一块开阔场地,登上几十级石阶,终于如愿觅到了吉祥。深山小寺三藏法师没有,但香火冉冉正在修缮。老僧人不见身影,小和尚告诉我们,这是密云县的县级文物保护单位,还从来没有像我们这样远道而来的客人光临小寺呢。虽然长途驱车,虽然寺院僧少,但是能在旅途上觅得吉祥如意,也已心满意足。谁都愿意做一个"不老屯里吉祥寺中如意人"啊!

　　从密云到怀柔,一直走的二级公路,路很窄,但是路两旁的大树已经有些年头。一路上不仅自然如画,而且景点纷呈,千万次的峰回路转已经让导航转晕,但是丝毫不影响我们看景的心情。近观晶莹剔透的京东第一飞瀑,远望势不可挡的天门山门,寻觅云梦仙境里的鬼谷子踪影。一路走走看看,在怀柔河防口长城段迎来了北京北的落日余晖。据历史记载，怀柔的这段河防口长城是明代在北齐长城的基础上修建的，自古为兵家必争之地。历史上这段长城关隘设计严谨，但从历史烟云中穿过，已是墙砖坍塌、荒草丛生。可喜的是不久前刚修葺过，1500多米长的修缮工程，修旧如旧，雄风重现。冬日的夕阳温柔地照耀在这片大山脉上，远处山崖上的长城垛口清晰可见，虽然没有苍翠欲滴的秀美，但蜿蜒的长城遗址宛如一条飘带环绕在巍峨挺立的群山腰际，时隐时现刚柔相济地向我们传递着历史的足音，也足以令我们驻足喟叹。

出了河防口长城段，就来到了雁栖湖边，但雁栖湖却和我们捉起了迷藏。入夜的灯火已经亮起，我们随便进了路边的农家院，想在土炕上吃着虹鳟鱼入睡，没想到取暖不好，忽然想起离此地不远有国家法官培训中心，连忙驱车寻找，顺着法官培训中心的指示牌，拐上一条黑黢黢的小路，开着开着，灯火辉煌豁然开朗，雁栖湖像一位娴静女子蓦然出现在我们眼前，在灯光的辉映下格外旖旎动人。有人站岗的地方就是法官培训中心了，其实也是一家五星级酒店，从网上办理订房手续便宜了许多。今夜，可以在雁栖湖畔怀柔乡里睡个好觉了。

一觉到自然醒，在酒店用过丰盛早餐，走上了绕湖的木栈道，因为旅游淡季，好不幽静。雁栖湖三面环山，顾名思义，春秋两季会有大量的候鸟来此栖息，因为这里湖水清澈碧蓝，没有风沙侵袭，四季气温适宜。如果能够登临山顶俯瞰湖面，湖

水一定像镶嵌在峰峦叠嶂之间的一块翡翠。整个景区，植被丰富，四季树种不同，又像一座天然的公园。问酒店花匠得知，湖中之水是由上游的莲花泉水汇集而成，难怪如此澄清。虽然春寒料峭但并不感觉寒冷，阳光照在身上暖洋洋的，正是既幽静安全又雄壮秀丽的好地方啊！

依依不舍地告别雁栖湖踏上返京归途，这一路漫无目的地走，却别样收获更多。人生是否也是如此，不问收获只管耕耘，你的收获可能更多。有些事情如若不能如愿，换一个角度也许就释然了。

漓江情歌

曾在南宁青秀山慢走赏景,曾在北海银滩踏浪嬉戏,曾在德天瀑布眺望异域,但是广西最美最有特点的漓江情歌却姗姗来迟。在五岭皆炎热的七月,我踏进了小小的两江国际机场,午夜的微风袭来还有阵阵凉意,心里面不由得感叹杜甫的"宜人独桂林"来。位于广西东北部的桂林,4亿年前还是一片汪洋,上帝既大方又吝啬,在给桂林留下一片风景的同时其他资源乏善可陈。不过,秀峰区、象山区、七星区、叠彩区、雁山区,你只看看这些区名,就能让你对每一片风景生出无限的遐想,更不用说阳朔和荔浦了。

众所周知,大凡岩溶峰林、山环水抱的喀斯特地貌无一不与水有关,桂林的风景也因这一江漓水而美。

漓江水清,漓江两岸的河滩上布满了层层叠叠、大大小小的鹅卵石,水流过石灰岩地区,河床上大量的鹅卵石仿佛是饮水机上的过滤网,把水中的一干杂质沉淀,浑水被澄清,石头被磨圆,水石相依互相成全,大自然中的万物就这样和谐共

生。船只行驶在漓江上,你就会产生袁枚的"分明看见青山顶,船在青山顶上行"的感觉。这样的旅途,如果没有船家推销的聒噪声,相信你是怎么坐也坐不够的。

漓江水美,"江作青罗带,山如碧玉簪","一水抱城流"的漓江,由北而南穿城而过,如同一条婀娜飘逸的青罗带,系在挺拔独立的千峰山腰。叠彩山,山石横断层层相叠,亦刚亦柔;伏波山,孤峰独立水势回旋,亦江亦岸;象鼻山,鬼斧神工天地合一,亦水亦月。一带江水宛若明镜,把两岸青山尽揽怀中,滋润得桂林山更清、峰更秀、天更蓝。甘甜的水质,又养育出各种美味的鱼儿,如果不是导游非要带上午餐,三两好友点上几客船餐鲜鱼,纵使贵点也是吃不腻的。

百里漓江,百里画廊。漓江还是一条开启人想象力的江流。九马画山,考你的不是眼力而是想象力;桂林八树,八树成林,考你的不是数学而是历史;20元人民币,考你的不是版本知识而是一江四岸的风景。虽然我对桂林旅游过度开发遍地商机不赞成,但是小小桂林,确乎城里城外都是水,东西南北皆为景。在越来越热的夏天,你是可以约上三两知己,静下心来住上一段时间的。

桂林故事

在桂林的日子里，悠扬在心头的除了漓江情歌，还有不少动人的小插曲。

正午的古东瀑布，我们和两个藏族小伙子"二宝"一起坐船进山，路途不远，还没等我们照相照得尽兴，游船就驶向了对面的码头，一阵清亮的山歌声吸引了我们，原来是岸上的瑶家阿妹在用山歌迎接我们，我这才发现原来游船上刻着的《刘三姐》中的歌词是为客人对歌提供的。艄公说，你们照着歌词对唱就可以了。"谁说对歌必须要有标准答案，'二宝'你们唱一曲青海花儿。"我的提议得到了藏族小伙子的拥护，没想到的是藏族小伙的一嗓子"花儿"，居然唱得瑶家阿妹们没有了动静，反倒不知如何对答了。正在我们兴高采烈要跳上码头的时候，岸上的船工却开了腔："不急不急，要门当户对才能上岸啰！"原来，码头的造型居然也是一条船，要等到我们乘坐的游船与游船造型一样的码头之间门对门、窗对窗，我们才能上岸。哈哈，原来旅途上还有婚姻哲理哪！

夜晚的阳朔小镇，充满迷人而又清新的空气。"印象刘三姐"确实很震撼，真山真水的舞台，亦真亦幻的演出，都令人神往。尤其是白天忙碌在漓江上划竹筏的汉子们、还有未脱掉奶声奶气的侗族小姑娘们更令观众感动，但更让我感动的是我头顶上的星空。旁边座位上的北京朋友看我仰着头目不转睛地看着天空，忍不住叹息道："在北京，上哪儿去看天上的星星啊！"阳朔的星空格外深邃，无数的星星把天空点缀的熠熠生辉，闪闪发亮。我想，即使演出时没有灯光，也有星星在点灯呢，这是在城市大剧院中永远看不到的最美丽的一幕吧！直到现在，阳朔夜晚的星光还会时不时地在某个时刻闪烁在我的心里。

　　午夜的阳朔西街，我们走在已有1400多年的古街上，不宽的街道两边人声鼎沸、美女如云。不说遍地酒吧，也不说各种小吃，在西南边陲小镇上居然有那么多来自五洲四海的人，说英语的、法语的，说藏语的、傣语的，热闹景象着实让我吃惊不小。最吸引我的是一家名叫"轮回"的小店，店主是一对藏族表姐弟，小伙子活泼多语在外揽客，长得深目隆鼻，刀削般黝黑的脸庞洋溢着笑意，齐耳长发用发箍扎在脑后，姑娘秀气质朴，话语不多，人在柜后却是掌柜。店里的小商品充满着异域风情，一对五彩木鸭首先吸引了我的视线，一只稍胖一只偏瘦，一只显黑一只略白，并排趴在岸上向水面吸水，胖胖的腹下还有一个音孔，可以吹出嘎嘎的声响，憨态可掬又活灵活现，我迫不及待地收入囊中，果然是泰国货品。又把"二宝"叫来，老乡见面不用砍价，一条印度裹裙100元就拿下。店主叫"索南"，家在青海海北州，"二宝"兄弟家在青海海西州，真是同是天涯人，何必曾相识啊！如果你去阳朔，不妨到"轮回"走一遭，一定也会有收获的。

壮族的龙脊梯田，可以说是壮族人的杰作。土地不多的壮乡人，靠山吃山是天经地义的，如何在螺蛳壳里做道场维持生机，壮乡人可是动了一番脑筋。远看梯田如链似带，从山脚盘绕到山顶。所谓"七星"，就是分布的七个梯田山头，大者如宝塔不过一亩，小者如螺蛳一步三块，最高海拔近900米，最低不过400米，两者之间垂直落差竟达500米。我们从山脚爬上山顶，山路依然古朴原始，不假雕饰，攀登者既要抬头看风景，更要低头看脚下，否则不规则的山石路会把你摔下山崖。但是沿途民居早已成为民宿，更有豪华庄园和小巧酒吧夹杂其间，使得深山里的壮乡梯田有了几分异国情调。时光就是这样，在时间长河中永留下来的往往是天人合一的杰作，不是与天斗与地斗的愿景，人们啊，在任何时候都不要去做改天换地的梦想，爱自然就去顺应它、爱护它、享用它吧！

桂林有名，应始于公元前214年秦始皇开凿灵渠贯通湘江和漓江水源，并设立桂林、象郡、南海三郡之时。此次去桂林，还参观了靖江王府和冠岩溶洞，感觉桂林山水甲天下还算名副其实，只是没有时间去灵渠边走一走，算是个遗憾，如果下一回能实现，我想应该更有一种飞扬的神思吧！

清凉贵州

　　喜欢地图，喜欢在地图上做各种各样的标记，但贵州那如同一片心形树叶抑或如同一只水母般的版图上却一直空白着。这次终于要去贵州了，临行之前发现自己于贵州实在太陌生，除了知道贵州有个黄果树瀑布和织金洞，了解遵义会议，品尝过一点茅台酒以外，贵州的人、贵州的事、贵州的景、贵州的物，对于我而言几乎空白。

　　这次去贵州，亲身感受了贵州"地无三尺平，天无三日晴"的特点，虽然天天长途跋涉在路上，但是因为是跋涉在青山绿水之间，因为是滋润在瀑布、雨水、溪水、河水之间，清凉凉的贵州还是给我留下了湿漉漉的好印象，让我在炎炎夏日中疲倦的身心得到了放松，每天可以什么也不想，什么也不做，就只是看景色、趟清水……

　　贵州不大，国土面积仅占全国总面积不到2%，但贵州地形地貌多样，山脉、丘陵、高原、盆地，简直就是一个天然的地质博物馆。贵州贫困，但贵州多彩，无论是少数民族的服装头饰、能歌善舞的姑娘小伙，还是矿藏物产、秀丽风景。这次虽然是初次进贵州，但是除了没有北线红色旅游外，我们游遍了黔东南、黔南、黔西南三个少数民族自治州，而且还真切体验到了爽爽的贵阳和大雨之中的铜仁，这次几乎走遍了整个贵州。

翻开我的贵州之旅，扉页上赫然在目的是贵阳花溪公园，吸引我的不是公园不用买票，而是"花溪"这个名字。盛夏的花溪鲜花已经凋落，相机拉近了方能看见莲花池里一朵小小的像箭一样的粉色莲花，河两岸密密层层的树丛里零星地点缀着一些不知名的小花。花溪花溪，花儿不见了，清溪自然成了主角，雨季丰沛的雨水让小小的花溪充满了活力。如果说竹林掩映下的花溪还是平缓从容的，那么到了两岸夹树的石桥下，花溪已然成为蛟龙出山，湾多湍急，急流直下。一个个相隔半步排列有序的石垛像钢琴上的黑色琴键，走在水流包围的垛桥上，如同在琴键上跳舞，有两个石垛被大水淹没，人们纷纷湿了鞋后大叫起来，又如同进行曲中的两个变奏。一边是平静的水面，仿佛绿色的锦缎，一边却是湍急的瀑流，洁白的水花飞溅如雨。无论水性好的抑或不好的，都小心翼翼地迈步，只顾脚下不看风景，唯独不远处船舫上的贵州茶客，竟然悠闲地躺在椅子上仰面养神，于是我也不安分起来，在曲曲折折的石垛桥上留下嬉水的身影。

贵州最旖旎的一章是镇远古镇。作为一个江南人，对于古镇自然耳熟能详，但是当镇远古镇赫然从重重叠叠的山水

之间亭亭玉立在我眼前的时候，我还是讶异的半天说不出话来。到达古镇的时候已经是下午，跟着导游急急匆匆地参观了河对岸的青龙洞古建筑，在山雨欲来的傍晚住进了舞阳河边的腾龙酒店。站在阳台上，远望古镇，被层峦叠嶂的远山近岭包围着，眼看大雨即将下来，山色浓淡深浅诠释着靛蓝黛青，犹如一幅还未干透的水墨山水画卷。雨来得很猛，不像江南的雨丝丝缕缕、断断续续，雨点打在屋檐上啪啪作响，倾盆大雨将一天的暑热、喧哗和疲惫一扫而净。天色越发黑了，两岸的红灯笼渐次点亮，很快便一排排倒映在河面上，仿佛一串串洒落在舞阳河上的红珊瑚，把夜色中的舞阳河装点得煞是妩媚多情。夜景下的镇远古镇该是何等的美丽？按捺不住心中的想象，冒着滂沱大雨，我们走上了古镇的府城街道。也不知走过几个牌坊街，我们来到了观赏古镇夜景最好的牌楼下，这里既能看到河对面青龙洞的五彩夜景，还能品味清凉街道的热闹夜市。如果说镇远的夜景赛凤凰，那么雨后的镇远夜景格外清新迷人，让人流连忘返。

依依不舍地离开镇远，顶着大风和细雨，攀上了梵净山，刚和蘑菇石、淑女石合过影，在去往金顶的山路上，迎来了一阵瓢泼大雨，虽说没有淋成落汤鸡，但也打湿了半边身，好在夏天暑热倒无受寒之忧，我想这大概是老天爷的想法吧，正所谓：客来梵净山，洁身第一关，唯是有缘人，风裹雨也缠。

贵州最精彩的篇章是雷山的西江千户苗寨，因为有过两次海南苗寨强行消费的经历，一听说苗寨而且还要在苗寨山上住一宿，我的头就大了。但是当我们顶着正午的烈日进入苗寨以后，苗寨的黄昏和夜晚，苗寨的清晨和白天，每走一步，每到一处，每见一景，每看一人，几乎都令你感叹、令你有置身世外桃源的恍然。苗寨的建筑保护得很完整，不仅有大批活着的寨子，而且寨上还建有苗家博物馆，里面收集了苗寨常用的各种器具，包括建筑的、饮食的、家居的、歌舞的，不大的地方也能让人眼花缭乱。我们住的旅店位于山腰之上，去的时候因为导游不熟悉路径让我们吃了苦头，拎着笨重的行李箱穿行在无法拉动箱子的土路上，骄阳之下一个个汗流浃背。结果发现不仅有好路通向佳景旅店，而且身处山腰，苗寨多彩迷人的夜景、飘渺宛若仙境的晨景，无须选择立足点就可以一一收入镜头之中。房间是小木屋，之间都是不隔音的，卧具也给人潮乎乎的感觉，但是面山而住，清晨有小鸟飞到枕边叫早，夜晚因山风吹拂伴你入眠，这样的感觉是久居闹市而不得的。晚饭吃的是长桌火锅，进了饭店有苗家妹子迎你，坐在桌边有苗家妹子敬你，长桌火锅吃的不是菜，而是旅途上结下的情谊，喝的也不是酒，而是苗寨百姓的一片心意。在半山腰吃完饭，三三两两各自上寨子看夜景、逛夜市。我们六个姐妹在寨子桥下清粼粼的河水边照相，在寨桥上吃甜滋滋的糯米糍粑，和卖糍粑的苗家妇女合影，在清爽无比的夜市上大吃西瓜，实在走累了，就坐在寨子街道上随处安放的木条椅子上歇

歌。苗寨的夜啊是如此幽静，又是如此热闹，是如此单纯，又是如此丰富……

一步三回头告别了苗寨，我们来到荔波景区。穿过卧龙潭、鸳鸯湖和翠谷瀑，走上了水上森林的汪洋水路。只见：水在石上流，树在水中长，人在画中走。即使是七月酷暑，人走在水上森林里，却感觉水凉如冰。因怕腿疾复发，本不想入内，幸得同伴鼓励，才尝得涉过水上森林那不一样的味道。整个荔波景区，有诗作证：卧龙潭水弯似月，翠谷瀑流碎如银。原始森林水中游，拉雅瀑布空谷音。非是桃园锁深闺，荔波无处不美景。石桥一座连今昔，古道贯通情无垠。

贵州最辉煌的篇章是黄果树景区，无论是龙宫飞瀑的声威，还是黄果树的壮阔恢宏，都让我敬畏、让我欢呼。未到龙宫，就已经雷声灌耳，白龙用清凉飞溅的水花、震耳欲聋的吼声欢迎我们，正可谓"白龙咆哮出洞来，腾云驾雾山门开。飞沫直下三千里，天安地顺百姓泰。"龙宫地处安顺故得此句。等到坐上游船穿越地下暗河，朦朦胧胧之间看得无数的溶岩奇石，更是心旷神怡。第二天真的到了黄果树瀑布，眼中却好像没有了瀑布，只是惊叹于老天爷"不用一针与一线，千丈白卷天织成"，只是忙着排队照相，和正面的瀑布照相，和侧面的瀑布照相，近景、远景、中景、特写，真恨不得把这无边无际的水流都拉进镜头，可是你想一想，这又怎么可能？大自然这幅巨画，你又如何能够挂到自家客厅？还是收起相机，用自己的眼睛好好端详吧，这山、这水、这景，古书云"惟尔贵州，远在要荒。"其实大自然造化神秀，独钟情于贵州啊。记得前几年朋友去了黄果树回来跟我说没什么看头，都快没水了，没想到今年贵州风调雨顺，丰沛的雨水为瀑布增添了许多水量和能量，瀑布水量特别大，瀑布的长宽高都增加了，黄果树用最美丽的姿态迎接我，如此想来我和贵州还是很有缘分啊！

从一下飞机，就感觉贵州真是避暑胜地，凉爽得很，流火盛夏，黏糊糊的青岛真不能和贵州相比，在回到贵阳的时候，才发现"爽爽的贵州"已经成为宣传口号了。"一山分四季，十里不同天"的贵州，当然也不是哪儿都凉爽，但是贵州原生态的地方还有很多没有被破坏，过度开发的地方还不算太多，因为地处偏僻，工业也不够发达，这次贵州之旅，让我得到了一个启示：有时落后不一定是坏事，关键是如何做好改变落后这篇文章。

最后说一声，山清水秀的贵州，一定要保持自己的本真。爽爽的贵州，请慢慢地走！

二〇一二年夏

游走济南

年青的时候，往来于苏鲁之间，济南是必经之站，但是从来没有下车看看这个城市的模样，故济南于我，很长时间的印象就是一个中转站。但是每每坐在火车上，从济南呼啸而过，心情却也相当复杂。往北到济南，心里就变得坦然，好像就快要叩响自己的家门，往南到济南，心里就变得特别激动，仿佛眼前飘扬着妈妈的白发。

后来因为工作的关系，与济南有了诸多联系。这时候的济南，很长时间的印象就是济南朋友寒暄之间的自谦。

再后来每小时200多公里的动车，拉近了济青之间的距离，因公因私去济南的次数越来越多，但总是来去匆匆，顾不上仔细打量。前不久去济南，出门前青岛飘起了雪花，原想济南一定更冷，没想到济南居然晴空万里，又因为在济南长达一周，济南老友特意安排半天时间，引领我们游走济南老城。

在午后温暖的阳光下，一行人自由自在地游走济南老城，入夜，又在泉边人家的石榴树下围桌而坐，吃上难得一见的济南私房菜。在漫天星星的夜里，又漫步走回酒店，虽然腿疾频痛，但是心中却有一种老友相逢的满足感。

原来，在我的心中，济南其实是喷涌在寻常巷陌深处的一泓泓清泉——

若干年前，曾经在孙老师的陪伴下，游历过趵突泉、黑虎泉，记得适逢其时久旱的泉水重新喷涌。趵突泉公园里的游客陡然增多，因此给我印象深刻的反倒不是泉源上奋、水涌若轮的趵突泉，而是位于护城河边的黑虎泉，济南市民争先恐后地在泉水即将流入黑色的护城河之前，用各种家什舀起清泉、往家运水的场景。当时我也忍不住凑上前去，借人一勺，品尝甘泉，正是暑天，清洌入口，甘美至心，正所谓"源头活水，冒冒冒冒，冒出一串珍珠"啊！

这次游走济南老城，才感觉到泉城美名远扬的真正原因。原来泉就在寻常百姓的家中，泉就在寻常巷陌的深处。我们一路走，几乎一路有泉相随。虽没有山泉的叮咚作响，但汩汩流淌润泽着老城的每一寸土地；虽没有飞泉的一泄千里，但脉脉含情流连在古城的每一条深巷。在我的镜头里，泉水里的水藻，就像康河里的青荇。我们在东西更道走着，难以想象，路旁边的小石桥下，女人会在流泉里捶打衣物；更难以想象，家门口的一鉴方塘，可以成为周围百姓的健身泳池。濯缨泉（王府池子）、腾蛟泉……短短几百米的小巷，更有不知名的许多泉眼在流淌、在喷涌。在街角旮旯一处不起眼的泉池边，

我尝试着从大妈手中接过吊水的水桶，想重温少年时候江南市井生活的记忆，但一招一式已失却了娴熟，于是在叹息声中向小巷更深处走去……

原来，在我心中，济南其实是倒映在百脉清泉中的一棵棵垂柳——

不用说刚刚结束的全运会上，飘动的柳叶都已经凝固成端庄美丽的体育馆。当我在飘雪时节来到济南，路两边的柳树依然婀娜多姿，印证了《老残游记》对济南城"家家泉水，户户垂杨"的描写。回忆起我第一次到济南，就被柳树深深打动。虽然据考证，在距今11000～8500年间，青岛胶州湾附近就有柳属植物，但是岛城的柳树并不多见。因此对我这个长年生活在北方的江南人，小桥流水已经定格在老照片上，柳树成了飘拂在记忆深处的那一抹绿色。突然有一天，柳树在春天的明媚阳光下，化成一团绿色的云烟，升腾在你的眼前，那种感动、那种冲动、那种"曾栽杨柳江南岸，一别江南两度春"的慨叹，是一定要亲临其境才能感受到的。

想济南能有江南一般的景致，湖、泉、柳已是幽雅。又能在湖畔泉边、垂杨深处建有李清照纪念堂，更是大雅。李易安一生写有诸多咏物词，以她的人品志趣，写得最多的当然是梅花。写柳的真是不多，如"宠柳娇花寒食近"、"染柳烟浓"、"拈金雪柳"，即便写柳，也与梅花分不开，如"江梅已过柳生绵"、"柳梢梅萼渐分明"、"柳眼梅腮"等。其实李易安的一生很有柳树的特质：有"芙蓉如面柳如眉"的美丽，不仅才情美，更有独立美和人格美；有"无心插柳柳成荫"的适应性，生长在山东的她，四十七岁以后却是在江南避难中度过的；有"庆阳三月柳依依"的才情，在士大夫中已不多得。我猜李易安写柳不多，大概是因为南北宋之交，国破家亡、家亡人散总使她"笛里三弄，梅心惊破"，所以才不喜欢满城春色宫墙柳吧？

原来，在我的心中，济南其实是抑扬在辞赋里的一声声吟诵——

当公元1101年苏东坡在常州辞世，文学高潮渐渐退去，旷世才女李清照的存在，使得南宋文坛依然闪烁着美丽的光芒。尽管我们翻遍《宋史》，也难以找到李易安的生平事迹，但是每一个仰慕她的人，都能从她心中汩汩流淌出的《如梦令》《诉衷情》中读出她的身世、她的美好情怀、她的不幸遭际，从《金石录后序》中读到她的闺趣、她的伉俪情深、她的与众不同。

济南能有李易安开一代婉约词风已是令人羡煞，更有辛幼安在豪放词派上继承苏轼衣钵并发扬光大。如果说李易安的原籍章丘明水算济南郊区，那么辛弃疾可是不折不扣的济南历城人。强烈的爱国主义思想和一生力主抗金的战斗精神使辛弃疾成为人中之杰、词中之龙。虽享年只有67岁，却存词600多首。"了却君王天下事，赢得生前身后名。可怜白发生""却将万字平戎策，换得东家种树书"，从词中，我们看到了一个燕赵奇士，一身侠义之气，却一生报国无门。临死前两年在镇江

知府任上，登北固亭，望济南府，写下《永遇乐·京口北固亭怀古》的千古之唱。"铁板铜琶，继东坡高唱大江东去，美芹悲黍，冀南宋莫随鸿雁南飞。"南宋统治者无眼，但南宋的剩水残山却使"济南二安"诗情勃发，青史留名，又实在是济南幸，山东幸，更是中华幸！

漫步在大明湖边，眼前出现一个一个景点，心河泛起一点一点涟漪。济南是一本连接古今名家的册页，这一页让你惊叹不已，下一页更让你击节长叹。济南是一卷兼具南北风情的画本，这一幅小桥流水人家，波心里招摇着青荇，在我的心头荡漾；那一幅古道西风瘦马，平地里飞卷起黄沙，在我的前方召唤。

如此看来，济南是担得起"历史文化名城"这个封号的，只希望，济南还能是一座现代文化名城，因为毕竟我们不能只躺在先人的诗词赋上悠闲地喝茶，无论是册页还是画本，总是要多留一点给子孙的。最后心里还有一点不明白，当初乾隆皇帝游历泉城，他老人家岂能容得下"大明湖"三字？留待高人指点迷津。

二〇〇九年三月

流连江西

舷窗左边月华已经升到空中，耀眼的阳光正透过右边的舷窗射到我的脸上。在日月交替之间，飞机终于降落到了南昌机场。英雄城，我又来了。

机场大道多年前就已经修竣了，道路两旁的山峦，由近及远，山色渐浅，层次分明地直把南昌围成一个火炉子。走下飞机舷梯时还能看见机场边上小小山亭外远山衔日的景色，当汽车驶进收费口时却已是夜色苍茫。与五年前来南昌不同的是，那一次是在万家灯火中告别赣江，在夜空上俯视南昌；而这一次却是沐浴着月色悄悄进入英雄城。

赣江，不择细流才成大江。赣州有两条水，一曰"章水"，一曰"贡水"，两水相合遂成赣江。我想这就是中国造字艺术原始又高明之处。赣，又写为灨、贑，在词典中只有赣江和江西的别称这两个义项。赣江在滕王阁的俯瞰下默默地穿城而过，养育滋润着南昌的父老乡亲。如果没有它，南昌会是一座怎样的城市呢？如同运河之于我的家乡无锡，长江之于南京，

嘉陵江之于重庆，涌江之于宁波，珠江之于广州……于是赣江也成为南昌的经济命脉、生命摇篮。尤其是七月的南昌，火辣异常，赣江却给火炉里的人们送来缕缕凉风。

修建于1989年的滕王阁，形式犹在，气势犹在，历史犹在，文化犹在，只是少了些沧桑、少了些风烟、少了些凝重、少了些诗意。但是我想其实对名胜建筑的认识，主要不是眼前所见，而是刻在自己的心里。如果我们心中有了王勃的"落霞与孤鹜齐飞，秋水共长天一色"，有了李涉的"滕王阁上唱伊州，二十年前向此游。半是半非君莫问，西山长在水长流。"耸立在眼前的滕王阁应该还是1300多年前的那一座吧！

江西正是造化钟神秀，"襟三江而带五湖，控蛮荆而引瓯越。"从地形上看，整个江西呈簸箕形，它的开口就是鄱阳湖。独特的地理位置，使江西成为一水中穿、三面环山的聚宝盆。江西的山，皆秀美如画，却平中有奇，突兀特立，享誉中外的庐山，道家的三清山、龙虎山，更有革命的井冈山、文学的石钟山。江西的水，都碧波似镜，但滔滔不息，执着不驯。苏轼那首《江西》中的"江西山水真吾邦，白河翠竹石底江"，真切地道出了对江西山水的喜爱之情。地因人重，人因地灵，奇特的山水孕育了江西人外柔内刚的秉性。文学大家云集于此，道家高僧选址于此，革命火种燎原于此，想来是必有其道啊！

唐代以后，文化中心南移，中原文化随着滚滚长江和浩浩鄱阳湖水流进了江南西路——江西，就此成为文章节义之邦、江南文化重镇。两宋时候的江西文化可谓登峰造极：文学上，唐宋八大家中江西籍人占据半壁江山，更有苏轼、辛弃疾、范仲淹、陆游等外地文人，到江西或宦游或隐居或多次游历；学术上，江西诸子并起，真儒聚首，濂溪开讲，群星璀璨，称得上理学渊薮；教育上，书院林立，人才辈出，到处流传"一门三刺史，四代五尚书"、"一门三进士，三里五状元，十里九布政，隔河两宰相"的佳话。

想到九百多年前，东坡先生于元丰三年（1080年）、绍圣元年（1094年）、崇宁元年（1102年）多次途经和羁留江西。贬赴岭南时，写了《过大庾岭》，而大庾岭正是横亘赣粤的天然屏障。后从儋州遇赦北归，又经大庾岭，赋《岭上红梅》："梅花开尽杂花开，过尽行人君不来。"人们更多地传诵辛弃疾的那首《菩萨蛮·书江西造口壁》，其实，了解东坡先生的人都知道，对于郁孤台，东坡先生是一而再、再而三地写了三首诗章，未去之前联想翩翩按图赋诗，贬住惠州路经登台，触景生情放歌赋诗，后遇赦北归，重新登临，又感慨万千即兴赋诗。有意思的是，作为东坡先生的超级粉丝，我也一而再、再而三地流连江西，几乎踏遍了江西的东西北面，竟独独未到赣南。是不敢踏上这块厚土？还是太期盼而老天不给机会？

我流连江西，在如重累人般的长阶上攀登三个多小时登上庐山；我流连江西，在山脚飘雪的深秋发着高烧登上三清山；我流连江西，在热带风暴侵袭江西时冒雨泛舟龙虎山；我

流连江西，五年之中两次登上井冈山。难道只是想踏遍青山，"江山为助笔纵横"（黄庭坚）? 想悠然望南山，"不为三斗米折腰"（陶渊明）? 想不流俗同污，"出淤泥而不染"（周敦颐）? 想砥砺品性，"留取丹心照汗青"（文天祥）? 这些先哲巨擘都在江西长期居住过。

　　我想，流连江西，其实应该是源于自己对中国文化的心灵皈依吧！

坐上火车去拉萨

从高程起算点的黄海出发，一路向西：西安—西宁—西藏。

西宁的20:20分，天光大亮，但是日头已经不是那么烤人了，我们几乎是提着行李箱一溜小跑地上上下下，终于在K9801次列车二号车厢门口站定，此时离火车开车只有8分钟，列车员姑娘还是十分认真仔细地一一检查我们每个人的车票和身份证，等我们上车人还未坐定，火车已经鸣笛离站了。我在二号车厢的007铺，氧气口、电视一应俱全。好兆头，007已经踏上了探寻神秘西藏的天路。

"山有多高啊水有多长，通往天堂的路太难，终于盼来啊这条天路，像巨龙飞在高原上。"去西藏的想法早已萌生，但行程却有点突然，终于从工作中抽身出来，坐在了进藏的火车里。趁着天光还亮，两眼紧紧地盯着窗外的风景，遗憾的是过青海湖的时候正好是夜半，那里是班禅和达赖老师的故乡，我躺在黑夜里，梦见青海湖水漫过草地、漫过心房……

早上7点半，火车广播提示到了格尔木，上铺的美女云突然说了句："这里的天像个天样！"隔壁的男生来串门说了句："今天和藏羚羊有个约会。"名言啊！车门上方的电子显示屏上告诉我们，海拔已过4000米，看来高原缺氧可不缺智慧啊。我们穿上外套，在格尔木车站上做了几下广播体操，空气清冽，凉得让人感觉清爽。

青藏公路与天路一路相伴，公路上的军车依然排成长龙，源源不断地运送物资到拉萨，中间偶有一辆越野车经过，车身已经变成了泥猴。有时公路和天路平行向前，有时两条路又似乎垂直而行，垂直的时候，我的心就会追着我的目光飞向远方。

雪山近在眼前，仿佛触手可摸，忠诚的雪山一路陪伴天路，相互守望。近处山脊上的雪已经溶化成一缕缕白色的瀑流，靠近山顶的云呈灰白色，沉沉地盖在山顶，好像给大山戴上了一个钢铁的穹顶，山顶高处的云洁白轻盈，在山脊上投下自己柔软的影子，山形变得丰富。当太阳从云层里钻出来，蓝天格外澄澈，此时，太阳在列车的左手边，月亮在列车的右手边，日月同辉的现象在西藏可是经常的事情。

出现在我们视线里的藏羚羊突然多了起来，七月的青海草原，草色从嫩绿到翠绿，草原坡地近在窗外，仿佛要敲窗而进，窗外的气温却只有7度。正在我们为发现藏羚羊而高呼的时候，可可西里国家地质公园出现在窗外，列车员告诉我们，沱沱河到了。沱沱河又称托托河、乌兰木伦河，蒙语意为"红河"，沱沱河向东就是《西游记》里的通天河。作为长江正源，它发源于唐古拉山脉主峰格拉丹冬西南侧的雪山冰川,出唐古拉山后继续向北流,在流到沱沱河沿时,它已是深3米、宽20~60米的大河了。著名的万里长江第一桥就飞架在沱沱河沿的河滩上。白色的长江源头纪念碑朴素干净,虽然背对着我们,但是却无言地告诉我们这就是长江的源头,电子显示屏告诉我们海拔4700米。

"越过山川,载着梦想和吉祥,幸福的歌啊一路地唱,唱到了唐古拉山,坐上了火车去拉萨,去看那神奇的布达拉,去看那最美的格桑花呀,盛开在雪山下。"列车在歌声里穿过了唐古拉山口,此时我们正在餐车用午餐,电子显示屏上显示"海拔5231米"。这时我收到了婉约从云南海拔四千多米发来的高原问候,我终于可以向她炫耀一下:我已经过了海拔五千多米的唐古拉山口。也许是经受住了高海拔的考验,在接下来的旅程中,心情无比舒畅,进藏前许多同志的告诫已经抛之脑后,我几乎快要忘了自己已经置身高原。我们这趟车不会停靠在海拔5072米的唐古拉站,唐古拉站位于青藏铁路之巅,也是世界铁路之巅!唐古拉站是一个高原无人值守的车站,一路如影随形的青藏公路也在此与天路告别了。矗立在无人区的唐古拉,一年四季吹着的风是它唯一对远方来客的问候。

大概因为是夏季,又是雨季,天路两边星星点点布满了大大小小的水塘,平展如明镜,闪亮似宝石,白云倒映在其中,发出云母般的光亮。下午3:30分,列车到达安多,这是进藏的第一站,安多地处可可西里保护区和羌塘自然保护区的中心

地带，列车员告诉我们这里是野生动物的乐园。野牦牛和藏羚羊我们已经见了，还有野驴、黄羊和善于爬坡上山的岩羊，仍然不见踪影。此时车上许多人已经开始吸氧。我仔细观察了一下，大多是青年男子，体形较胖者尤其多，反倒是孩子们仍然活蹦乱跳地在过道上嬉戏。我用手摸摸自己的心脏，告诉自己一切很正常，蓝天白云让我的呼吸更加舒畅了。

这时车上不知是谁喊了一声：措那湖到了！我们立刻簇拥到了车窗前。火车要绕着湖走，能让我们一饱眼福，将这块碧玉尽收眼底，也为相机留下无数美好的瞬间。湖，神湖，是西藏重要的组成部分，也是藏传佛教中重要的所在。措那湖位于藏北草原的深处，入西藏七大圣湖之列。作为怒江的源头，她海拔4800米，面积300多平方公里，是世界海拔最高的淡水湖。天路的开通，使许多人知道了措那湖，看见了措那湖，真切感受了措那湖。七月的措那湖，水绿如蓝，水鸟低飞，鱼儿浅游。神湖离火车只有十多米，我们站在车窗前就几乎是站在湖边远眺。天边的白云停住了脚步，依恋着圣湖驻足不前，远处的卓格神峰影影绰绰，守护着圣湖不离不弃。湖水从远到近，颜色越来越浅、越来越透明，山水相映，成为天路沿线最美丽的景点之一，让人恨不得融入那澄静的蓝色中……

傍晚时分，火车到了那曲车站，服务员告诉我们可以下去看看，不过一定要慢行，于是大家穿上了外套纷纷下车。车站上正好举行藏族同胞欢迎援藏干部的场景，洁白高贵的哈达

（丝绸绣花的那种），浓郁飘香的酥油茶，盛装美丽的藏族姑娘（在那曲我看见了在西藏见到的最美丽的姑娘），一一进入了我们的镜头。那曲是块宝地，唐古拉山、念青唐古拉山、冈底斯山脉怀抱着她，这里有我国最大的羌塘自然保护区，有大片的湿地，有水草丰美的草原。只可惜我们只能在车站短暂地停留一下，只能在想象中驰骋在那曲的赛马场上了。

过了那曲到达当雄站，距拉萨就只有160多公里了，我们也在火车上呆了整整一个对时。虽然已经是傍晚了，但是高原的天还是那么蓝，高原的云还是那么白，高原的太阳还是那么明。远处白雪皑皑的念青唐古拉山为当雄城镶上了美丽洁白的镜框，山的那边有着大山的情人纳木错，是西藏神话传说中生死不离的圣山神湖。从那曲到当雄的沿途中，满眼都是绿色，牦牛、绵羊成群地在原野上吃草，没有回家的意思，而我们则已经急切盼望着到拉萨了。天路两旁的村子逐渐多了起来，一切都那么宁静，云朵还是不肯离去，连少见的炊烟都是直直地向上，有了大漠孤烟直的意境。到处是盛开的油菜花，令人目不暇接，绿色的原野上好似铺上了一块块金色的地毯，迎接我们的到来，让我这个江南人有了恍若回家的感觉。

终于，本已误点的K9801次列车，在我们怦怦的心跳声中，一声长笛准点把我们送到了已经被暮色笼罩的高原雪城——拉萨。

在华书记为我们举行了隆重的欢迎仪式后，我们围上洁白的哈达，编成一个车队向拉萨市区出发了。

月光下的布达拉

我们在路灯的照耀下进入了拉萨市区，阵阵凉风从车窗吹进，路上的行人不多，沿街的商铺也还热闹。不一会儿，车子开上了康昂多北路，坐在副驾驶席的云突然大声喊着："看，布达拉宫！"没有一点心理准备，没有一点情感酝酿，雄伟的布达拉就像突然降临的天神一样出现在我的视线里。还是华书记想得周到，车队接上我们后没有直接去酒店，而是直奔布达拉宫，就这样我和神往的布达拉相遇了。

"明镜的月亮升起的时候，世界屋脊的布达拉宫，纯洁吉祥的雪域高原，好像珍珠洒满大地。月光照耀在雄伟的布达拉……"

今天不是月半，但淡淡的月色足以把布达拉宫的庄严、雄伟全盘托出。车队缓缓地行进在朝圣者走过的路上，月光下的布达拉，用高高的宫墙，把广场上热闹的歌舞表演、来往的人群拒之墙外，也把人世间的千种诱惑、万条情丝隔在宫外，显得格外神秘、格外肃穆、格外静谧。

原来布达拉就建在拉萨市中心海拔3700米的红山上，在土蕃王朝的时候叫红山宫，是藏王松赞干布为迎娶唐朝文成公主而建造的，可以说是民族团结的象征，也可以说是那个时代爱情的见证。后来随着吐蕃的没落而毁弃了，一直到五世达赖才重修此宫，布达拉是梵语中"普陀"的音译，所以有人也叫红山为普陀山。

月光下的布达拉，最高处的红宫，里面是佛殿和灵塔（安放前世达赖遗体）殿，在月色下更加深沉、更加凝重、更加庄严，好像与天相接。两边依山而下的白色建筑叫做"白宫"，是喇嘛处理政务和生活起居的地方，在月色下分外飘渺、分外皎洁、分外柔和，好像从红宫里飘下的两条哈达，无形的佛手使它蜿蜒多姿、摇曳生辉。地上一圈金灿灿的灯光，如同金色的莲花座簇拥着宫殿。虽然已是晚上，宫殿的一切细节都看不清楚，但我们在广场上翘首仰望，红、白、金三色的宫殿，殿宇巍峨，高耸入云，重重叠叠，在淡淡月色的笼罩下犹如天上宫阙一般。

和布达拉初次见面，没有踏进宫殿一步，但是这次的不期而遇，也许是天使然吧。月光下的布达拉，那与天相接的气势、那超凡脱俗的气质、那佛法无边的气韵，震撼着每一个前来拜谒的朝圣者，也吸引着我去撩开她那神秘的面纱。

月光照耀在雄伟的布达拉，

月光照耀在每个朝圣者的心里。

我眼中的布达拉宫"三宝"

团队进宫,在布宫西门。浩荡的车队一直把我们送到西门口。到了进门的时候,才得知有许多东西不能带进宫殿,饮料、化妆品、打火机、药品,等等。经过快速的安检,我们正式迈进了布宫大门。因为进了宫殿里面是不能照相的,所以,华书记带领我们选择宫墙下的一个最佳角落,左一张右一张地照起相来。

当你置身布宫的时候,停、走、俯、仰之间,你不得不佩服藏族同胞聪明的建筑本领。布达拉宫的外墙很厚很厚,普通人张开双手都量不过来,宫墙的基石深入到山石之中,石头的墙体和大山的岩石融为一体,使布宫完全与红山的自然环境相契合,达到了建筑与自然相生相谐的境界,仿佛布达拉宫不是人们建造出来的,而是自然从山上生长出来的一样。

关于布宫的介绍实在太多。阳光下的布宫,有三样东西给我留下了深刻印象,那就是三色宝贝:"红"草、"白"土、"黑"帘子。

第一宝"红草"。顾名思义应该是红色的草，其实红草既不红也不是草，藏民叫做白玛草。有人说是西藏最名贵的植物。我觉得，最贵倒谈不上，因为冬虫夏草更贵，但最有名却不假，因为这种所谓的"草"在西藏可是权力的象征，多少年来，它只能用于修建神圣的寺院和贵族宫殿，一般老百姓是严禁使用白玛草修房屋的。

白玛草其实是生长在西藏高寒地区的深山灌木，俗名"怪柳枝"，枝条长而细，质地坚硬不易弯曲，即使水沤雨浸也很难被腐烂。每年秋天，人们采来半米以上的"怪柳枝"，将叶剥皮以后，涂染成赭红色，藏民叫"喇嘛红"。晾干后的柳枝，用牛皮绳子扎成手臂粗细的一捆一捆。然后用它做成寺庙、宫殿或达赖家眷公馆建筑的外墙或顶部的外装饰。用白玛草制成的白玛墙，一般是外墙，它里面还有石头砌就的内墙。作为外墙，白玛墙主要起到减轻墙体重量和装饰墙面美观的作用。因为白玛草采集很难，制作复杂，所以一般藏民家是用不起的，只有西藏的达赖、贵族才能用得起。我在雍布拉康和布达拉宫都看到过。红色的白玛草外墙，为雄伟的宫殿更加增添了高原的色彩和宗教的气氛，与白色的墙面和金色的宫顶相映生辉。建筑白玛墙的传统在西藏延续了几千年，是西藏独特的建筑工艺，据说为了让白玛草的外墙和石头的内墙永远紧密地结合在一起，不至于分离倒塌，还有许许多多的窍门在里面，留待你前去一探究竟吧。

第二宝"白"土。白土可不是一般意义上的泥土,藏民称它为"阿嘎土",阿嘎土不仅是西藏独有的建筑材料,而且藏族同胞集体打阿嘎土的场景还是西藏一道独特的人文风景线。

当我们走在西藏的寺院或宫殿里的时候,双脚踩着的地面会让我们感觉到既平整又柔软,既光滑又防滑,在夏日给人带来凉爽的感觉。

"阿嘎"属于土石相兼的微晶灰岩,产于西藏一些半土半石的山包中,因为西藏的山几乎都是光秃秃的,高原地区不长乔木。据说是山南的"阿嘎"材料成份比例比较合理,用此材料施工后的建筑面层也比较坚固、美观。

阿嘎土的打制,有一套严格、完整的工艺流程:以夯制地面为例,首先将开采来的阿嘎土块捣碎,变成颗粒状。从底层开始,先铺上大颗粒的阿嘎土,用圆形小石板拍打,边拍打边浇水,拍打结实后再铺上小颗粒的阿嘎土,继续拍打直到地面起浆。然后用清水冲洗,用卵石磨光,先涂上带黏性的榆树皮汁液,再涂上酥油,一般的场所涂个两三遍,金贵之处得涂个七八遍,其中以酥油渗透到阿嘎土里5厘米为最佳。最后用粗布磨擦,直到地表面平整如布、光洁如洗。布达拉宫所有通道和宫殿里的地面,都是这样铺就的。虽然阿嘎土的产地比白玛草多得多,但是因为制作工艺复杂,耗时费力,所以普通藏民也用不起。在布达拉宫和罗布林卡中,我还看到小喇嘛用羊羔皮子蘸着酥油在阿嘎土地面上擦拭,经过擦拭的阿嘎土地面十分光亮,丝毫不亚于打过蜡的木质地板。

西藏百姓把阿嘎土视为宝物,有一首民歌这样唱道:阿嘎不是石头,阿嘎不是泥土,阿嘎是深山里莲花大地的精华!……确实如此,阿嘎来自大地但不是泥土,阿嘎来自大山但不是石头,阿嘎在藏族同胞的生活中只有在神圣的寺庙和宫殿里才能使用。

最精彩、最让人叫绝的就是在打制阿嘎土的过程中,出现了只属于藏民们的劳动号子。我此次进藏,有幸在山南的昌珠寺看到藏族姑娘排着整齐的队伍,在寺院屋顶上,边歌边舞,用长木棒打着阿嘎土,重新翻修昌珠寺的情景。姑娘们用鲜艳的头巾蒙着脸,只露出黑黑的眼睛,三五人或十几人,排成一排,进退一致,仰虚俯实,载歌载舞。随着优美的旋律和嘹亮的歌声,把劳动的艰苦和生活的烦恼抛到九霄云外。

第三宝"黑"帘子。只要去过西藏的人,都能真切地感受到什么叫"百里不同风,千里不同俗"的含义。过去的西藏因为交通不便,所以无论是建筑还是其他日常用品,藏族人都尽可能地取材于本土,省却长途运输之劳顿。牦牛被称为"高原之舟",在藏区几乎司空见惯,因此,藏民的日常生活中几乎到处可以看见用牦牛制作的物品。居住的帐篷多用牦牛毛制成,帐篷多为黑色,冬暖夏凉,结实耐久,迁移方便。而我说的第三宝就是用牦牛毛制作而成的门帘和窗帘。布达拉宫的进门口都挂着用牦牛毛编织的门帘,据华书记介绍,这种用牦牛

毛编织成的门帘，在下雨的时候会收缩，所有缝隙就会自动关闭，外面的雨水打不进来；而有阳光的时候缝隙就会自动打开，起到通风透亮的作用。怪不得，尽管拉萨的阳光灿烂得让人睁不开眼，但在布宫里面却凉爽宜人，原来是牦牛毛编制的黑门帘阻挡着阳光。这种神奇的门帘，就像自然界中的某些花朵，下雨的时候花朵会闭合，晴朗的时候花朵会开放。因此，听说这样的门帘至今都很珍贵，后来我留意了一下，确实在商店里没有卖的。

  在布达拉宫，看见了太多的珠宝，我一辈子看到的珠宝也不会超过在宫里看到得多；看见了太多的佛像，我一辈子顶礼膜拜的佛像也不会超过布达拉宫的。但是，给我留下深刻印象的，让我不得不赞叹的，就是红草、白土、黑门帘，因为它们传承了西藏独特的风俗，因为它们述说了藏族自己的故事，因为它们凝结了藏民族不同凡响而又简单通俗的高超的手工工艺。

春天到台北看云雾

　　与2001年绕道香港办证转辗飞抵台湾不同，2011年我坐华航的空客从青岛直飞台北只用了两小时十分钟。桃园机场用崭新的面貌迎着我，机场大厅里一幅"风光又新"的草书作品，简直就是我重游绿岛的真实写照。

　　桃园抵达台北的"五杨高架"今年4月份才开通，一路通畅地经过新北市，很快又过淡水河。总记得地图上，淡水河像一张长弓，纵流绿岛西北西部，而基隆河恰似那待发的短箭，静静地挂在弓右。过了淡水河，台北就在眼前了。

　　不说只为看一眼故宫白菜和肉玉的不息人流，不说五月漫山遍野盛开的桐花，不说三点鼎式建筑的自由广场牌楼，不说那令人垂涎欲滴的士林夜市，单说台北的云雾，那是怎样的宛若仙境？！

　　孟庭苇曾经唱过：冬季到台北来看雨。其实不然，台北属于亚热带气候，夏天多雨潮湿，虽然是春末，但是我们一到台北就大雨倾盆，下雨天于到此一游者固然讨厌，但是于我这等

又见台北之人，雨天反而让我有了不一样的收获。有雨水淋漓的滋润，台北的天空才格外清新，有晴雨交替的天气，才有了台北变幻莫测的云雾之美。看云雾的最佳地点当然要上到高处，而观看台北全景的最佳地点当然非101不可。

站在89层观景台上，台北的全貌便可一览眼帘。从阳明山上飘下来的团团雾气，飘飘渺渺直把台北打造成一个洞天福地的仙境。5月台北的雾，不像青岛的雾浓得化都化不开，那是美人的浓妆让人看不清眉眼，失却了清秀的风姿。5月台北的雾，有了云的伴舞，有了风的助场，只是轻轻的一团，飘飘的一缕，更像京戏里大青衣绵软却用力道甩出的水袖。和缓的春风吹过，云雾开始升腾，此时的台北就像一个新嫁娘，那块云端上的白雾是新娘的头纱，遮住了娇羞的面容，林林总总的高楼大厦全部隐去，那条从阳明山上一直垂下来的云雾，简直就是新娘的白色婚纱，洁白、轻柔、飘渺，若隐若现，似透非透。偶尔一缕和煦的阳光从浓云里射出，云雾便转眼不见，好像与阳光躲猫猫，没有脚却一溜烟地跑进阳明山里去了，整个台北又清清楚楚地呈现在眼前。

我看101，真的好像对101本身没有什么兴趣，除去吃了鼎泰丰，坐了直升梯，看了珊瑚石，吸引我的就是那台北的云雾了。不过关于101，还是有几句话要说的。101大厦位于台北信义商圈，作为台湾建筑界有史以来最大的工程，已然成为台北的标识。上次来台还没有101，此番又见台北，101已是旅游必到之景点。10年间，其实台北没有太大的变化，她还是那座自自然然生长着的城市，台北最美的不是风景，而是民风。台北的街道并不宽敞，但所有的道路都洁净如洗；台北的绿树并不密集，但所有的树木都苍翠玉立；台北的楼群也是拥挤，但所有的社区都有小型活动场地。我想，一座城市，只有当百姓在自己居住的社区里就能找到散步健身的场所，才能算幸福宜居吧。

在台北，101大厦就像营养丰足突然长了个儿的巨人，不是我喜欢的类型，但却是我观景的绝佳妙处。朋友，春天到台北去看云雾吧！

今晚，我住在日月潭边

到达南投县已是下午，南投是台湾岛最中央的观光大县，主要原因：一是岛内最高峰玉山就在此地，41座3000公尺以上的山峰在境内绵延起伏。二是驰名中外的日月潭就位于南投县鱼池乡。因为只有最后一班游艇，所以下了车几乎是跑步到码头，一溜烟地上了游艇，无暇顾及湖边的景色。

刚在游艇落座，由邵族两兄弟驾驶的游艇就风驰电掣般地驶进了湖里。游艇在湖面疾驶，忽阴忽晴的天气使得湖上和岸上的风景变幻莫测。湖心岛上的绿植在大风中变成了此起彼伏的长毛绒毯，远处的青山和变幻莫测的天空组合成一卷徐徐展开的富春山水图卷。左手边乌云四合，右手边却湖光一色。台湾人不讲东南西北，喜欢说左手边右手边，我想这是否与台湾地理有关，相对中央山脉而言，台湾不就是左手边和右手边嘛。导游说我们坐的游艇在日月潭里绕湖一周，其实我知道日月潭是全台最大的天然淡水湖，水域面积大约7.93平方公里（满水位8.4平方公里）、水深27公尺、海拔748公尺。

我们乘游艇转十几分钟又如何能够绕湖一周？但至少游艇一转，我知道为什么得名日月潭。原来湖心岛就是拉鲁岛，这是邵族人的祖灵地所在。日月潭里所谓的八景之一"珠屿烟波"说的就是拉鲁岛。以拉鲁岛为界，向南看一弯弦月即月潭，向北看旭日圆满曰日潭。在1999年南投地震中，拉鲁岛变得越来越小，日月潭的分界也越来越小。我想，日月潭的合二为一，是否也象征着海峡两岸的统一不仅是人心民意，更是地心天意呢。

上岸的时候，日月潭的黄昏降临了，我们走在环湖步行道上，正想慢慢行走，亲山近水，没成想大雨即将倾盆而下，于是连忙拾级而跑，拐进了半山腰的玄光寺。寺外大雨如注，透过重重雨帘，望见日月潭被山峦环抱，湖面上的氤氲水汽和大雨下的层峦叠嶂，交织成一幅富有变化的美景，南投人称之为"水沙连"。往山顶看，蒋公为母亲修建的慈恩塔高高耸立，也见其一片孝心。

有了登高远眺的心旷神怡，怀着躲过倾盆大雨的窃喜心情，我们下榻在映涵酒店。别有风味的装修风格，尤其是在餐厅就餐时，日月潭全貌一览无余，秀色可餐。入夜，小镇上鳞次栉比的灯光倒映在湖中，我们轻松自在地走在伊达邵小镇的街道上，如今生活在小镇的原住民邵族人只有587人了。星空下，小镇安静极了，白天熙熙攘攘的游客都已经离去，一家艺术品商店吸引了我们，晶莹剔透的琉璃制品、造型独特的桧

木制品，令人爱不释手。不仅每件作品都有很高的艺术性，而且店主——一位美丽温婉的台湾姑娘，视我们为客人，一个人照看店堂，上楼去拿货，居然把整个店堂交给我看管，一件件艺术品没遮没拦，她就不怕丢了？我想这应该就是我们向往已久的买卖之诚心吧。大陆丢了，原来台湾还在。

在日月潭度过了短短的一天一夜，我们经历了午后、黄昏、月夜、清晨、正午不同的时辰，小雨淅沥里的游湖，大雨滂沱中的赏景，月夜星空下的静思，朝霞满天中的散步，这一切让我这个久居闹市的人感受到了美丽的田园之乐。2001年赴台，因为"99大地震"和日月潭擦肩而过，那遗憾一直在心头藏着，今天天遂我愿。我，一个大陆人，再次赴台竟能枕着日月潭的波涛入睡，那湖上初晴后近山生烟的飘渺，那乘艇游湖时绿波澄碧的清凉，那登寺远望时日月合一的意境，那晨曦散步中朝晖明丽的影像，正可谓天生绝色雨来凑，水映秀山人亦妒。

回来不久，惊闻南投又逢地震，美丽的日月潭，你还好吗？你真的会合二为一吗？！

大阪印象

2005年深秋,我们乘坐的飞机落在大阪机场,好像漂在海面一样,因为飞机跑道是人工填海填出来的。从大阪湾进入市区,一路上民宅林立,恍若回到江南的故乡,当然是30多年前的故乡了。日本有句民谚:"东京八百所、京都八百庙、大阪八百桥"。大阪与江南有相同之处,名为水都,确实河多水也多。

住在大阪的HOTEL NEW OTANI OSAKA酒店,位置极好。因为酒店位于中央城,向外眺望,半个月亮下面,琵琶湖波光粼粼,古色古香的"大阪城"就静静地伫立在酒店后面,隔着房间窗户我好像听到了它在向我诉说丰臣秀吉幕府时代的故事。作为日本第二大城市和港口,当年丰臣秀吉在此建立了军事要塞,因其后坡面平缓才名叫大坂,后演变成大阪。日本40%的出口商品从大阪港出去,松下、三洋的总部皆在大阪,机场的廊桥下全部都是松下的广告,现在松下不景气,不知广告是否依旧。

到日本的第一顿晚餐，是在道顿堀的戎桥旁边，吃了最最有名的全蟹宴，虽然对于生活在海边的我来说吃梭子蟹习以为常，但是螃蟹火锅配着应季的蔬菜，我真的吃出了海的气息和海的新鲜。而且那酒店的服务确实让人宾至如归，短短一餐，蟹腿肉、蟹壳肉全部已经剥好，但依然盛放在蟹壳里面，让你吃的有感觉还不麻烦。吃的过程中，干湿毛巾轮番送上，让你满口嚼香的同时不会满手腥味。尤其是当我们酒足饭饱离店时，发现我的靴子已经被擦拭得干干净净，天啊，那可是油皮面的长筒靴子啊。

道顿堀是个热闹的吃喝玩乐游购的场所，心斋桥不会逊色于铜锣湾。刚到日本无意购物，我们在心斋桥上留了个影，撇下带队的旅行团长，打车直奔大阪颇有特色的居酒屋。满以为居酒屋会很热闹，没想到静悄悄的，一切都在文明的文化氛围中。一个个卡座，坐满了各种年龄段的朋友圈，喝的文明，说话文明，没有看见高声大喊、醉眼惺忪的酒徒，一问侍者才知道这是因为时间还早，后来我们在东京的酒吧总算领略到了什么是热闹。酒过三巡，我们打出租车回酒店，车内的白色椅套十分扎眼，日本出租车的椅子套必须每天一换，司机师傅已近古稀之年，一头银发梳理得一丝不乱，制服手套规范整洁，坐在车上很难想象这么干净的车子竟然是出租车。到酒店大门，同行的美女翻译突然发现自己名贵的眼镜忘在居酒屋了，正在大堂犹豫的时候，出租车静悄悄地驶到我们身边，司机手上拿着的正是那副价格不菲的眼镜。到日本的第一天就这样结束了，我们这个东邻，真是让我们百感交集，心情复杂。不知道接下来的旅程，还会有怎样的惊喜？

京都物语

用"漫步"二字形容自己的京都之行是最为合适的了。在我的印象中,京都就是一个安安静静的古城,它的每条街道、每个寺院、每家店铺,都适合喜爱安静的人慢慢走、慢慢看,于是在日本归来多年以后,才有了想写京都的感觉。

去京都之前,我们已经走过了大阪的道顿堀、泡过了伊豆的银水汤、看过了箱根的芦之湖,对于神往的京都内心有了一点预判,但是当我的双脚真的踏上京都的街巷时,我还是被她的静谧、她的安详、她的整洁、她的神秘所吸引,内心深处更被她的历史、她的艺术、她的传统工艺、她的独特魅力而感染。

清水寺是我们去京都的第一站,作为著名的赏枫名所,我们去的时候又恰逢秋天,景色格外缤纷烂漫,景与人都弥漫着一种京都特有的韵味。相传清水寺是唐僧在日本的第一个弟子慈恩大师所建,现存的清水寺为德川家康在17世纪上半叶捐资重修。耳边伴随着泉水的叮咚之声,边走边赏并不劳累,反而一路惬意。让我惊诧的不是路上之景,倒是清水寺本身,正殿雄踞于悬崖之上，只用139根巨大的圆木柱支撑，有点放大了几十倍的吊脚楼的意思，正殿外面还有一个大的歌舞台，演员一不留神就有可能跌入断崖之下。同行的柏木告诉我们，眼前的这个建筑完全是手工制成，竟未用一根钉子。让我们驻足的还有山门前的一眼清泉，称为金水，泉边的游客永远络绎不绝，掬水饮一口，据说可保平安，也可得好姻缘。诗人赞美清水寺是为了证明京都而存在，春樱夏瀑，秋叶冬雪，皆为古都风物。

进出清水寺，自然要穿过一条石板坡道，这就是鼎鼎有名的古商业街——三年坂和二年坂，古色古香的街道，不宽敞也不平整，人走在其上不疾不缓。路边的各种店铺大都低矮，富有沧桑感的木质门窗上糊着洁白的和纸，仿佛能够飘出过往的烟云。每个店铺，或宽或窄、或浅或深，都各具特色，无论出售的商品还是商品的铺设乃至店铺名的装饰，绝不同质化，且商品以手工制作居多，纸、布、竹、木、陶、瓷，所有材质都透着一种素朴感，精致的手工传承着文化，才确保京都的味道历经千年始终不变。从你进店到出门，店主人一直在不远处笑脸相迎，你不叫他不会尾随，你不买她也不变脸色，颇有大唐商贾的风范。

从二年坂出来，我们去金阁寺。正逢秋高气爽，到金阁寺的时候，又是日出中天，镜湖池的池塘与金阁交相辉映，格外绚丽夺目。倒映在湖中的金阁寺，以蔚蓝色的天空为背景，就

是一张印在眼中的明信片。让我爱不释手的最是那金阁寺的门票,那不是门票,分明是一幅书法作品,虽看不懂祈福之语,但从右至左、由上而下的行文直透内心,我小心翼翼地拿着入场券,边走边赏,一路诗意。金阁寺是庭院建筑的杰作,那显露出来的文化格调和品位,让我犹如回到故乡的江南园林。

如果说金阁寺美得惊艳、美得高调,那么寺里的茶道表演就美得静谧、美得含蓄。妇人清瘦,和服与妆容精致却不夸张,茶道表演熟稔而不声张,整个过程滴水不漏,和我们一一合影,笑的矜持又不迎合。尤其是那碧绿的抹茶,边喝边品已是舌尖生香,及至盏底的茶末一并喝下,更回味无穷。更有墙上《枫桥夜泊》的书法作品,竟是已经回到了江南。

看完平安神宫后,我们步行到祇园购物、用晚餐。流连在祇园的花见小路,你会有时光流转的感觉。走在街上,已是傍晚时分,天色还亮时我们在小店购物,设计精美的小布包,造型精致的发卡,都是最好的手信礼。待到一个个灯笼亮起的时候,祇园最精彩的时刻降临了。艺妓们开始准备,浓厚的妆容好似戴上了美丽的面具,有的拖着木屐行色匆匆,有的倚窗而立眉眼传情。据说即使下雨,很小雨伞下的和服艺妓,衣带拖地竟不会被雨打湿。我们见到了艺妓,但终究没去和她们合影。

晚餐的料理店,是我们转朱阁、低绮户才探访到的。不在路边,不在街面,还要穿过月洞门,爬上吱吱作响的老楼梯。

但是怀石料理很可口、很精美，更让我惊喜的是，餐巾上居然印着两个汉字"留恋"，这不正是我今天漫步京都的全部心情吗？

　　旧时的京都，被日本人称为"平安京"，创造了日本历史上被称为"平安时代"的古典文化，有专家认为，京都是中国唐代长安城的微缩版。漫步京都，你的身体、你的脚步、你的心情会完全慢下来，只有你的眼睛忙个不停，因为一幅幅美景纷至沓来。至今我还保存着一张京都地图，告诉我京都每一个月份的节日，每一个季节的风景，每一种料理的美味。去一次京都当然是不够的，要听懂京都物语，那就春、夏、秋、冬都去，想去了就去。更重要的是，等你游完京都，若你是个女子，真的会多一份沉静、多一份美丽、多一种韵味呢。

氤氲伊豆

伊豆是什么样的地方？伊豆是川端笔下薰子的羞涩？还是百惠版薰子轻盈的脚步？是夏日里的习习凉风？还是大雪中的腾腾热气？去伊豆走得急，只知道到静冈了，要渡海了，要去温泉了，伊豆像一个亭亭玉立在深山的少女展现在我的眼前。自踏上伊豆的土地，每天就被她的静谧、美丽而惊喜，徜徉在她的天地里，尽情地呼吸新鲜的空气，尽情地和蓝天、泉水相依相偎。

一到伊豆，就去了西伊豆银水庄，酒店经理说着连翻译都听不明白的日本方言告诉我们，这可是天皇曾经下榻的酒店。下车不用管自己的行李，服务生会把"荷物"利利索索一件不错地放到你的房间。刚到房间，服务生示意我们换上"着物"。所谓"着物"就是和服，酒店每个房间都备有三套，分为大中小号，让各种体型的客人都能找到合适的和服。因此在温泉酒店，客人们都穿一样的和服，既卫生又平等，跟一家人一样。换好服装我们迅疾去了温泉，日语就叫"汤"，"汤"在日语中就是热水。因为酒店高踞在海湾的一角，我们一边泡着温泉一边就能透过落地玻璃看见碧蓝平静的海面和天边的夕阳。不是假日,到这么远来泡温泉的基本都是老人家,看着她们虽然满面皱纹、满头银发,但是安安静静地享受温泉,很是羡慕。在日本泡温泉,你什么也不用带,洗漱用品都是日产的资生堂,银水庄里还多了产自静冈县热海市的磨砂膏"花雪肌",初用是水,轻揉后便是细砂,若有若无的粒子,使得皮肤光滑细腻又不会受损。泡罢温泉来到酒店靠近海湾的休闲区,一轮落日正在海面之上等着我们,手举红酒杯与落日干杯,品咂生活的美丽和惬意,落日告别我们慢慢下沉,伊豆的夜幕却刚刚拉开。

银水庄以很高的规格欢迎我们,总经理亲自主持晚宴。精致的菜单印成了艺术品,晚宴名曰"霜月膳",一为秋天,二因月半,看着菜单,好感顿生,日本的饮食文化跟我们学的不轻。一餐"霜月膳"共13道菜品,从右到左,从上至下,完全像是唐朝的做派。每一道菜品中又有好几种菜肴,如第一道前菜中,有"茗荷寿司、栗涉皮煮、乌贼冲渍、盐煎银杏、稻穗"等。最本地的是静冈牛、伊豆山葵、伊势海老、金目鲷等,最惊艳的是小小瓷鼓上的"鲍之舞",鼓内燃着微火,鼓面盛放活鲍,最莫名的是名为"妻色"的菜肴,已经忘了到底是什么。因为是秋天,所烹调的食材几乎都是因时而食,基本来自伊豆秋天的大海和原野。另外餐桌上盛菜的餐具、斟酒的各式酒具,甚至筷枕、汤勺、餐巾,无一不印上了秋天的红叶。在岛城也赴宴无数,仅记得怡情楼的台面上曾经摆放一张素笺,用古诗和着

季节，如盛夏时节，用苏舜钦的《夏意》道一声"梦觉流莺时一声"，算是为宴会增添一点韵味。

在贺茂郡还有一个银水庄叫东伊豆稻取，也是我们考察的酒店。印象最深的是酒店大堂的布置，造型独特的装饰品，印着满满的大朵大朵花朵的地毯，让人不忍下足，曲水池里一众锦鲤自由自在地生活也让人艳羡。

入夜我们入住伊东聚乐温泉酒店。酒店位于小城制高点，晚饭丰盛颇具特点，但是我们却迫不及待地到了酒店最高处的女汤，池子很大，足以来回游上几趟。我们进去的时候，池子里依然只有几个老年日本女人，她们会轻轻地问："香港的？台湾的？"知道我们来自大陆，她们才微微一笑。裸身在五面全是玻璃的温泉泡汤，仰望蓝天上的朵朵白云，俯瞰连绵起伏的小城景色，惊喜的心情让人欲语又止。静静地靠在汤池的一隅，看日头慢慢落下，夜幕悄悄降临，看头顶上朦胧的弯月挂在不知名的高大的树梢，看山脚下星星点点的灯火渐次亮起，在这样的美景面前，我觉得自己已经变得多余，说什么做什么也都变得多余。天地创造出这样的奇境，当她无声地展示在我眼前的时候，我要做的就是安静地面对，我要做的就是用自己一颗真心渐悟，看着、悟着，尘世间的一切烦恼、一切欲念都离我而去了，我就只是温泉里的一滴水，夜空中的一颗星，眼角下的一滴泪。直到现在，那伊豆之水所给予异国之我的温暖、温馨和温存，也总是难以忘却！

菲利普岛的主人

从墨尔本市中心出发，经过近两个小时车程，我们到了离墨尔本大约140公里的菲利普岛，听司机说这个岛的名字改过多次，最终是为了纪念新南威尔士的首任总督菲利普（Arthur Phillip）上校而定的，但大多数来岛的人却是因为小企鹅而涉足该岛，所以都称之为"企鹅岛"。其实这么点路程在国内一个多小时就可以抵达，但司机说，澳洲不能超速，更不能长时间开车，必须用两个小时。下车后迎接我们的是一条行道树为合抱大树的宽阔马路，树冠巨大，据说这些树是当年登陆澳洲大陆的华人从大陆带来的树种，我一看应该是国内的柏树，如此高大的柏树已不多见，用它作行道树更是罕见。

菲利普岛西南面的海滩，栖息着唯一生长在澳洲的一种企鹅，娇小可爱，是企鹅王国里的霍比特，身高约30厘米，体重1公斤左右，寿命大约10年。我们到的时候天色还大亮，离企鹅回巢还早，我们便来到观光园区的购物处，挑选了最小型的企鹅手机挂坠，形象可爱且方便携带。

天边的晚霞把天空描绘得绚烂多彩，深蓝的海水在海风的吹拂下，波涛起伏……终于日落了，我们到了企鹅登陆观光区，伸长脖子等待企鹅的归巢。夜幕终于降临，外出辛苦觅食一天的小企鹅回家了。为了不惊动企鹅，所有的人都屏气凝神翘首以待。一只一只贴地灯亮了起来，"看，来了！"随着同伴一声小而急促的提示，我瞪大眼睛望过去，好像变戏法一样，从翻滚的海浪中滚落出了一只只小企鹅，最先落在海滩上的似乎是一小支先头部队，探头探脑就像哨兵一样警觉，一会儿领头的发出几声叫声，开始招呼还在浪花里等着的大部队。之后便是蔚为壮观的场面，大批企鹅开始登陆，虽然步履摇摇摆摆，但是已然抬头挺胸，因为菲利普岛企鹅比一般企鹅小得多，像一个装扮成绅士的孩子一样格外可爱。白色的肚皮依旧，燕尾服远看是黑色，走近了仔细看才能发现是藏蓝色（又称蓝企鹅），有的是一大堆上岸，像列兵接受检阅一般排列整齐；有的只是一只，孤零零地回家；最有趣的是一家三口，两只大的中间夹着一只小的，温馨的场面给人留下深刻的印象。所有的企鹅从浪花里滚落到岸上以后，熟门熟路地走上人们为企鹅修建的专用通道，不到1个小时的光景，整个高架路上已经全部被企鹅占领，前后相连长达几百米，虽然多达几千只，但没有拥挤、没有踩踏、没有喧哗，又陆续互相告别各自回巢，许多企鹅的喉咙里还塞满了从几十海里外捕来的小企鹅的食物呢，这时我才发现企鹅的巢穴原来都建在岸边的树木和草丛里面。由于观光区管理严密，没有一个游客喧哗吵闹，回巢的企鹅和观赏的游客，就像井水和河水一样互不干扰。因为不能使用闪光灯照相，都没能给企鹅留下一张照片，但是小企鹅的形象却已深深印在了我的脑海，它那憨态可掬的神态，它那摇摆迟缓的步幅，它那大大方方俨然岛主的神情，都令我难以忘怀。这也让我深感澳洲人对于动物的保护是何等得周密细致，难怪企鹅是如此依恋菲利普岛，如此依恋这块沙滩，不管有多少惊涛骇浪，不管有多大的风暴雷霆，潮涨潮落，企鹅昼出夜归，一定要回到自己的家。是啊，来澳洲已经快有一周了，也要回家了，无论走到世界的哪个角落，家总是最温暖的地方。再见，企鹅；再见，墨尔本。

　　小企鹅是菲利普岛珍贵的客人，其实也是真正的岛的主人。因为有了它们，小岛才充满了生机；因为有了它们，我才有幸成为小岛的客人。

　　(PS：由于神仙企鹅没有什么防卫能力，而且天敌太多，据说数量正在不断减少，人工保护也没有什么作用，甚至有科学家宣称，不过5年人们就很难再见到它们了。)

行走德国
感受生活里的艺术

在德国旅行有一个很深的印象，就是生活中处处有艺术。除了无数的艺术馆、博物馆、博览馆、影剧院、音乐厅、画廊以外，在日常生活中，在衣食住行里，艺术几乎无处不在。

教堂是去德国必到之处，而教堂恰恰就是充满艺术气氛的场所。西方人的生活与教堂紧密相连，生的洗礼、爱的婚礼、死的葬礼、罪的忏悔、情的祈祷，几乎全部可以在教堂完成，德国人也不例外。因此德国的教堂往往是一座城市或者一个乡镇的艺术中心。雕刻、绘画，唱诗班、管风琴，无声的、有声的，黑白的、彩色的，诙谐的、庄重的，喜剧的、悲剧的，什么种类的都有。琳琅满目的艺术作品让你目不暇接，宛如天籁的合唱之声让你心旷神怡。

如果说教堂是有仪式感的，是庄重的、集体的，那么街头艺术就是自由的、个性的。在波恩市中心，我们走在时尚又传统的步行街上，四个少年正在一家商店门口表演，吉他弹得热烈，歌曲唱得热烈，一把吉他盒，就是挣钱的容器。想必这样的勤工俭学，既释放了自我，又富裕了自己，一举两得何乐不为啊！国内少年哪有如此空闲和快乐的周日啊！在贝多芬故居（Beethoven-Haus）隔壁，还有一家专门出售具有德国民族风情商品的小店，店面不大，但是店面设计十分艺术，而且是地地道道的德国民间艺术，出售的商品几乎件件充满艺术感，让人爱不释手，尤其是民族风情的衣裙色彩斑斓，那红绿撞色图案相拼的设计既经典又时尚，各种小玩意的艺术品，更是看得我眼花缭乱。尽管只是一家小商店，带给我的也是艺术的享受和回味。

如果说少年的街头表演令人情绪高涨，那么在法兰克福清晨的教堂外面，一个黑人流浪歌手的表演，却几乎让我流下眼泪。正是法兰克福的周六，在这个世纪金融中心，就在欧元大楼的不远处，教堂成了政客们拉选票的最佳场所，双方工作人员在教堂门口把守发放选票，展开热情的宣传，见我们是东方人才放过我们。教堂外面，衣冠楚楚的人们正在餐厅享用着丰盛的早餐。而他，这个黑人歌手，孤独地倚着教堂外墙而坐，轻柔的吉他声，诉说着内心的情愫，是在思念遥远的非洲故乡？还是在回忆年轻时美丽的姑娘？我不得而知。我只知道，他的音乐打动了我，也让我想起了遥远的家乡……

德国的街头艺术家风格众多。在科隆的日子，我几乎每天都从著名的购物街希尔德街（Schildergasse）、霍赫街

(Hohe)和新市场街(Neumarkt)走过，每条街上，只要是人多热闹的地方，就可能会有哑剧艺术家在表演，而他们的表演就是扮上妆以后静止在那里。熙熙攘攘的人流中，突然有一个静止的街头艺术家，也是别有意味，不由得让匆匆而过的行人慢慢停下脚步，发出一个会意的微笑。是啊，人生没有回程车，让生活的脚步不要太匆匆，也许艺术可以让人生驶入一条慢车道，慢慢走，慢慢看，慢慢享受艺术。

德国的街头艺术还远不止这些。除了音乐，严谨的德国人喜欢用鲜花设计自己的家园，用艺术美化自己的生活，这可能与高纬度的寒冷有关，毕竟鲜花是最能让人联想到春天的。虽然已经是秋末冬初，但是每个城市，无论是南方的法兰克福、慕尼黑，还是北方的柏林、汉堡，无论是东部的特里尔，还是西边的不莱梅；每个乡镇，无论是莱茵河谷的里德斯海姆，还是浪漫之旅的富森；每扇窗户，都掩映在鲜花丛中，每个院落，都簇拥着鲜花朵朵。那斑斑色彩，缕缕暗香，吸引着人们的视线，撩拨着人们的心弦。置身于花园式的城市和乡村，所有的烦恼也都搁置脑后，所有的不快也能暂时排解。

德国的艺术林林总总，看也看不过来，拿也拿不回来。于是，我只能用我的老办法，每走一座城市，就买上一个具有城市标志的冰箱贴，也算是搬回来一点艺术生活的热情吧！

西方民族几乎都是艺术细胞满满的民族，大到整座城市都好像是一座艺术馆，小到一条街道、一堵墙全部画上了先锋派作品。德国作为高纬度国家，人们比较严肃，性格正直，又出奇得整洁。因此，你在德国确实看不到大量的大面积的街头艺术。但是在德国东南西北走了一遍，还是见识了严肃民族的涂鸦艺术。最著名的当然是柏林墙了。

世界上再也没有哪一堵墙有柏林墙这样的充满传奇色彩、充满鲜血色彩、充满悲喜色彩了。许多人可能认为柏林墙是一堵把德意志一分为二的墙，墙东是东德，墙西是西德。其实不然，柏林墙是东德政府根据人民议院1961年8月12日通过的法令，一夜之间修筑的环绕西柏林的一道围墙，它把西柏林围起来，引发当年无数东德人要翻越围墙冲向资本主义阵营。原为铁蒺藜围成的路障，后不断被加固扩建，最终形成十几道防线，成为冷战时期东西阵营全面对垒的最触目惊心的标志。十几年前被拆除的柏林墙现在已经变成了一道鹅卵石小径，在德国人的反思中断断续续形成了几段纪念墙，因此涂鸦也理所当然使柏林纪念墙成为最充满色彩的一堵墙。

你看看这是一段位于Spree河的柏林纪念墙，以前属于东德的地盘，中国大使馆就在河对岸往东一个不起眼的马路街口，不像美国大使馆占据着全柏林最好的位置——勃兰登堡左侧。墙上所绘简直不是涂鸦，而是一篇篇政治宣言，或者是德国人的离骚诗篇。

你再看看这是一段位于柏林市中心的柏林纪念墙，人行道上有一小块长方形铁牌，上面写着：BERLINER MAUER

1961—1989，每天有无数的人踩在上面，不远处就是著名的查理岗哨，如今只是换了演员，可以进行换装拍照。墙上有一帧十分逼真的照片，是一位少女拍摄柏林墙的背影，这位少女在想什么呢？她又想拍摄什么？少女袅娜的身姿和坚硬的墙体，构成了强烈的对比，为每个看到她的人提供了无限的遐想空间。

另外，在每座城市的街头巷尾，在高速公路旁边的围墙，你也能看到星星点点的涂鸦作品。高速公路边的涂鸦作品相对比较简陋，都是用德文字母描摹而成。街头巷尾的涂鸦作品则往往是大特写，很多墙面让你触目惊心。譬如我们从学校放学出来走到马路对面吃饭时必须经过的斑马线路口，有一堵墙画着巨大的动物涂鸦，明白如话，图案醒目，冲击着人们的视神经。在去马克思故居特里尔的时候，走过一条僻静的小巷，步履匆匆之间，在街角放置城市垃圾箱的地方，德国总理默克尔的肖像画赫然在墙角下面，画面上的默克尔，阴险猥琐，默克尔来自前东德。我想这可能是某个反政府西德人士的涂鸦作品吧。

街头涂鸦艺术兴起于20世纪70年代的纽约。如今这股街头艺术之风，刮遍了东西方世界，不仅纽约有，而且盛行中东。街头涂鸦艺术盛行，既需要民族的艺术，更需要政府的宽容。街头涂鸦艺术说明艺术正在从一部分人的专利走向大众。街头大舞台，百姓艺术家，我想这可能是涂鸦艺术的最大社会功能吧！

鬼节、墓地和纪念方式

去德国的时候慕尼黑啤酒节刚刚过去，有人替我们惋惜，说我们没能碰上啤酒节应该是个遗憾。其实我这个人不喜闹猛，人多的旅游更是没有兴趣，心想没有啤酒节，啤酒不是一样可以喝。在德国的日子，一切都安安详详、安安静静。成群结队去德国参加啤酒节的人都走了，连到啤酒宫栖息游玩的鸟儿都飞走了。

而且，我还是见识了德国的一个节日——Halloween，万圣节。虽然没有亲自参加这个节日，但是满大街的万圣节用品还是看了个够。原来西方人更相信鬼神，更害怕鬼神的降临。各种各样装扮成鬼的面具，充分表明德国人的想象力。即使在高速公路服务区的商店里，也能买到万圣节面具。如果有时间，能够到德国朋友家中讨得一点巧克力和糖果吃，也是值得一试的事情。

说到节日的礼仪和习俗，中国的节日大抵是必须和吃联系在一起的。纵然家里有丧事，纵然你心中因为失去至亲至

爱的人而万般痛苦，但是饭局还得有，亲戚还得吃，纸钱还得烧……而在西方，节日更多的是一种传说故事，那些美丽的、诡异的故事会让庸俗的现实多一点想象的空间；节日更多的是一种宗教仪式，那些隆重的、庄严的仪式会让逐利的人们多一点信仰的坚定。尤其是在巴登符腾堡州的斯图加特小城，也是像青岛一样的盘山街道，一样的德式别墅，正在慨叹好像走在回家路上的时候，突然间在我眼前赫然出现了一片墓地。原来德国的墓地就建造在居民区内，墓地似乎是居民们休憩散步的好去处，如同中国的街心公园一般。只见在两座居民的别墅之间，一个个十字架安插在鲜花丛丛和绿草茵茵的篮球场大小的墓地上，一棵棵松柏就像守墓的卫兵，忠实地站在其间，风儿吹过，白云飘过，妈妈们看着远处的孩子在墓地之间玩耍，没有一丝阴森恐怖的气息，没有一点阴风厉鬼的感觉。看着这一幕，让我感觉到，死去的亲人并没有远走，活着的人也会永远记着他们，生与死之间确实是可以通过心灵来感应相通的，我于是才深切地体会到，为什么西方人能够拍出《人鬼情未了》这样的电影来。这好像与素质无关，这就是一种文化的传承，每个民族在子子孙孙沿袭的长链上，都有各自独特的铁环，只是我内心深处更青睐这样的一种传承，更加个性也更加人性，更加优雅也更加朴素，不是做给别人看的，不是做给鬼神看的，就是为了表达生者对死去的亲人的不舍和缅怀，表达对过往共同生活的尊重，表达对本民族文化的珍惜。从历史上看,德国的墓地文化已经传承了三百多年,张博士告诉我德国有专门的墓地设计工程师和墓园景观的花卉师,连墓地上的植被,譬如绿色植物和花卉的比例都有约定俗成的规矩。我离开德国的时候正是在德国传统祭奠的纪念日期间,所以许多墓地的石头上都铺满了松枝,张博士说,这是为了在冬天来临的时候不让逝去的亲人受到寒冷的煎熬。

德国还有一个与众不同的纪念死者的形式,应该在德国的每个乡镇都有。为了纪念在一战、二战中死亡或失踪的亲人,几乎每个乡镇都设立了一个纪念碑,把镇上所有在战争中死亡或失踪的亲人的姓名都镌刻在纪念碑上,无论他们是救世主一般的英雄还是杀人不眨眼的魔鬼,在纪念碑上都不会缺席。德国人是这样说的:同是上帝的儿女,不管为什么而死,也不管因什么而死,他们的父辈永远纪念他们,他们的后代也会永远缅怀他们。

从莱比锡污水处理
看德国的未来

离开柏林前往莱比锡，出发前开始下起雨来，我们聚集在 Kadewe 百货商店门口等车。看眼前走过的柏林人，老的、小的，精致的、嬉皮的，高雅的、时尚的，人们虽然在雨中，打伞的却不多，一律迈着优雅的步伐，竖起风衣领子，戴上风衣帽子，据说这就是柏林人的习惯。汽车向莱比锡驶去，没开多久，风轻雨停，路旁行道树已经完全红透或者黄透，一树金黄一树纯红静静地伫立在公路旁，把德国北部原野晕染成一幅幅斑斓静远的风情画。到达莱比锡的时候，夕阳将天边涂抹成了一块块火红，漫天的火烧云把枫树与天空连成一片。

莱比锡（LEIPZIG-CITY）是个不大的城市，原属于东德。早晨当城市还寂静无声的时候，我们便出发去了 BDZ 污水处理培训中心考察。街道上少见人影，即使有也是步履蹒跚的老人，有的用小拖车拉着生活用品，有的两口子早起遛狗，年轻人是否也都去了北方的柏林或南方的慕尼黑？偶尔开门的一两家商店也是水果蔬菜的小超市。近处的一个街口，有一两个修理下水道的工人正在忙碌着。

BDZ污水处理培训中心隶属BDZ协会，基本属于公益协会，其工作人员加上工程技术人员一共几百人。德国人深知水是生命源，也是地球上最主要的能源。早在2006年德国政府就要求全联邦所有污水要与公用污水处理并网。政策颁布以后，发现地广人稀的农村地区在污水处理方面费用过高，政府开始把边远地区污水处理工作提到议事日程。这就给在此领域领先一步的BDZ协会一个发展的空间，因为小型污水处理的立项研究，BDZ协会早在1999年就开始了，正好在2006年完成并投入使用，德国环保基金会给予资金支持并推动项目发展。

小型污水处理，采用分散式污水处理，集中式专职管理。只要达到15人用水量以下的，都采用小型分散式处理或者采用生物式处理方式，由BDZ协会负责技术人员的培训。通过BDZ协会的努力，不仅100%的污水与公用污水处理并网，而且雨水采集清污后可以再利用，便厕可以不用水清洗也变得很干净。在不大的BDZ培训中心二楼教室，我们不仅亲耳聆听了培训中心负责人的讲解，而且亲身体验了不用水清洗的干净便厕。

德国政府要求到2015年所有个人家庭用户、企业用户，包括农村边远地区，必须全部达到国家污水处理标准。而BDZ协会有自己制定的质量标准，而且高于德国现有的行业质量检测标准。在德国污水处理推进过程中可以说BDZ功不可没。

现在世界上许多国家,冰岛、匈牙利、伊朗,都有了与BDZ合作的愿望,甚至BDZ都已经向南非、约旦、阿曼等国家出口小型污水处理设备。在培训中心外面的污水处理演示现场,我们看着经过生物净化处理后流出来的涓涓清流,眼前不禁浮现出国内大片大片被污染的水源,许多水源已经被重度污染的现实,是否应该让我们更加清醒。

关于污水处理,德国在小学1—4年级,都开发了相应的课程,制订了教学大纲,从小就对学生进行环保教育,培养学生环保意识。教育在培养公民社会责任心和公德心方面,始终没有缺位,政府在为保护国家资源制定政策时始终没有缺位,无论是追求利润的企业还是侧重于公益的协会,在国家建设和确保公民健康生活方面始终尽到自身应尽的责任。于是才有了如今德国强大的经济和绿色环保的生态。

在莱比锡停留的时间不长,但是留给我的思索却很长。一位世界级的资产管理公司负责人曾经说过这样一句话:德国经济就像一片贫民窟中的别墅。当欧盟其他国家经济不断恶化,国内老百姓负债额越来越高的时候,当希腊欠德国政府、保险公司和银行多达400亿欧元债务的时候,德国工业却几乎不受经济危机的任何影响,反而从对新兴国家的出口中获得巨大利益。德国工业联合会主席汉斯·皮特说:德国工业在气候保护以及能源效率等方面为未来做好了准备。我想说的是,德国岂止是做好了准备,客观地说是走在了全世界的前面，我们在德国看到的一切完全印证了汉斯的预言。德国乡村在可再生能源利用方面也是顶尖的，有的一个乡村还会制定可再生能源和节能减耗、保护水和水资源的十年规划，像巴伐利亚州的 Wildpoldsried 村。我们在波恩的 Beuel 学校参观，就看见在标准的草坪操场边一个不起眼的角落，摆放着由某个基金会赞助的小型太阳能发电设备，一组组太阳能电池板，能为学校分担不少电力需求。

雨水的采集和清洁再利用是 BDZ 协会突出的贡献和主要的工作目标。离开 BDZ 的时候，看到莱比锡的居民家屋顶上都安装了接水管，可以将屋顶上的雨水全部收集到自家院子里的污水处理设备中，再循环使用这种清洁水源，使得整个地区即使再边缘也能做到生活污水不污染。离开莱比锡的时候，每隔一段路程就能在田野里看到一个个蓄满清水的池塘。如果说莱茵河像一条玉带串起了德国西部的几乎所有城市，法兰克福、科隆、特里尔，那么易北河从汉堡流出来以后，与柏林擦肩而过，便静静地流入东邻捷克去了。因此在德国东部看不到莱茵河谷那样的景色，但是眼前掠过的这一个个水塘，点缀在碧绿的原野上，如同一双双亮汪汪的眼眸，水塘边生长着茂密的芦苇，就像美人浓密的睫毛。我忍不住在心中慨叹，人们啊，永远要把自然当成自己真正的家园！只有这样，才能山更青，水更绿，在经济高速发展的同时保持生态环境和自然风光不被破坏。

想念科隆

只要经过青岛的天主教堂，看到那高高耸立的尖顶双塔，就会令我想念起科隆大教堂来。那年的秋冬之交，我在科隆度过了难忘的一周，住在Habsburgerring 9号的Barceló酒店（作为一个国际连锁酒店，在美国、莫斯科、英国、西班牙、尼加拉瓜、多米尼加均有分店）。

清晨，最喜欢做的事情是站在房间窗口眺望大教堂那高达160多米的双塔，让我恍若置身于青岛家中。放眼望去，大教堂尖顶上的十字架成为城市的制高点，这两座驰名世界的哥特式尖塔，好像两个孪生兄弟，比肩而立，相差不到0.1米。作为目前世界上最高的双塔教堂，无论你身处这座城市的什么地方，只要你目力能及，你总能从不同的角度见到不同侧面的她，从这个意义上来说，大教堂是科隆名副其实的标志。令人难忘的是，这个城市的标志，不仅是有形的地标，而且它穿过历史的时空隧道，始终挺立在历史的出口处、挺立在现实的通道里，也必将挺立在未来的入口处。

科隆大教堂，原名圣彼得大教堂，修建于1248年，但是直到1880年才竣工，630多年的建造工程，使得大教堂精雕细琢，成为一个艺术品。说其大是因为教堂包括五个殿堂和一个围绕圣坛而建的带有三个偏堂的回廊，反正我进去多次还是没有搞清楚教堂内的结构。记得第一次去教堂，站在广场上，两个正门口，一边是一位手牵两条大型犬的乞丐，年轻英俊的面容，瘦削挺拔的身材，与身前放着的缺口木碗很不相称；另一边是两个流浪汉交叉躺倒在门口，温暖的阳光下睡得正酣。我猜想是因为收容机构不接纳宠物，所以才栖身教堂门口的吧。不远处还有游走艺人以街道为舞台，尽情展示着自己的才艺，却不在乎是否有人为他喝彩。阳光下一切都很安详，就像教堂里回荡着的圣乐一样。

走进教堂，为数不多的教徒在虔诚地祷告，不远处，红衣主教正在与坐在轮椅上的老人交谈。本来，大教堂是科隆人生活中不可缺少的地方，现在，大教堂中98%的人都是来自世界各国的游客，成为科隆这座城市游客的集散中心。

科隆大教堂的里面，是一个艺术博物馆，让你忍不住一次次地走近它、走进它。每一扇窗户，窗户上的每一块彩色玻璃；每一扇木门，木门上的每一处精雕细刻；每一面墙壁，墙壁上的每一幅美妙画面，真是一处一画、一步一景。令人惊叹的不仅是画面的精美，更有手工的精良。所有的细节都无声地传递着这个民族特有的令人称羡的品性和原则。

科隆大教堂的外立面，则是典型的哥特式建筑的荟萃。年年整修，整修的脚手架好像永远没有拆除过。双塔静静地矗立，莱茵河在旁边静静地流过，除了每年一成不变的整修，什么也不会改变，唯一改变的是地铁口不断送来的热爱教堂的人们。

科隆内城的马路不宽，但在不宽的人行道中还是留出了自行车道。宽敞的是马路中间的街心花园，一树一树的金黄，在秋风中坠落，德国人珍惜落叶，所有的落叶都用风筒吹到草地上。我小心翼翼地踩在落叶上，珍惜的还有属于我自己的金色秋光。

入夜，科隆更加宁静了。宁静的夜空中还漂浮着一种甜蜜的香味，是谁打翻了自己的古龙香水？我喜欢一个人走出酒店，静静地漫步于安静的街道。这座创建于罗马时代的德国最古老的城市，所见之处都是古迹，酒店对面的圆形建筑，墙壁上沧桑的历史印记令我遐想，是哪个贵族家的谷仓还是城堡？宁静的街道两旁，橱窗里的模特也已经休憩，所有的玻璃橱窗在路灯下泛着微光，从不设防的橱窗让一个夜行者感到心安。

每天回到巴塞洛酒店，餐厅里的服务生（我管他叫"威廉"）都会额外关照我。我喜欢吃炒蘑菇和刚出炉的牛角酥面包，喜欢喝热牛奶和葡萄汁，仅仅两天，威廉就知道了我的爱好并记在心里。只要往餐台边一落座，威廉就马上送上一壶热牛奶，让你身居异国却内心温暖。

科隆就是这样，她的教堂、她的课堂、她的街道、她的工厂、她的公园、她的车厢、她的商铺，每一次我近距离走向她，她都没有让我失望。还有那GaleriaKaufho商场里跑前跑后为我办免税的美女店员，那Krückemeyer工厂里脸上挂着笑容的青年工人，那Schildergasse步行街外面热情招手的出租车司机大爷，那Carl Duisberg学校憨厚耐心的大个儿老师，特别是Barcelo酒店里给我热牛奶的小鲜肉威廉，那一个个脸上洋溢的笑容，工作中恪守规则服务周到的态度，都让我在岛城满地落叶的季节里，禁不住想念起科隆来，以此文纪念曾经美好的科隆之行。

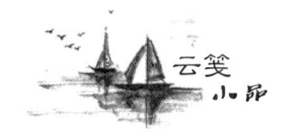

《自题小像迎新年》并代后记

老梅欲发故年枝

孤瘦惟馀疏影姿

墙角篱边无尘喧

深根不改恬淡质

本是江南清韵格

难和纷华海棠诗

须得寒风一夜开

不惜落蕊雪笑痴